不让你笑，你都不知道我文武双全

HAHAHAHA~

梁刚◎编著

当代世界出版社

图书在版编目（CIP）数据

不让你笑，你都不知道我文武双全 / 梁刚编著. --
北京：当代世界出版社，2014.11
ISBN 978-7-5090-0851-5

Ⅰ.①不… Ⅱ.①梁… Ⅲ.①笑话—作品集—世界 Ⅳ.①I17

中国版本图书馆CIP数据核字（2014）第168723号

书　　名：	不让你笑，你都不知道我文武双全
出版发行：	当代世界出版社
地　　址：	北京市复兴路4号（100860）
网　　址：	http://www.worldpress.org.cn
编务电话：	（010）83907332
发行电话：	（010）83908409
	（010）83908455
	（010）83908377
	（010）83908423（邮购）
	（010）83908410（传真）
经　　销：	新华书店
印　　刷：	三河市祥达印刷包装有限公司
开　　本：	730mm×960mm　1/16
印　　张：	14
字　　数：	100千字
版　　次：	2014年11月第一版
印　　次：	2014年11月第一次
书　　号：	ISBN 978-7-5090-0851-5
定　　价：	20.00元

如发现印装质量问题，请与承印厂联系调换。
版权所有，翻印必究；未经许可，不得转载！

考考考，老师的法宝——那些年令我们难忘的考试 / 001

教你怎样一句话噎死别人 / 003

"生气"、"愤怒"、"抓狂"、"哭笑不得"有什么不同 / 006

爆笑段子，不把人笑翻不罢休 / 008

我们小时候最傻最搞笑的一些想法 / 013

工资发少了，看看我是怎么省钱的 / 016

太形象了！女孩子的脾气等级搞笑版 / 018

要命！女朋友的口头禅让我头疼不已 / 020

一位女士无聊的自我介绍 / 022

暴汗！80后十年前后的经典变化 / 024

如何冒充高档汽车 / 027

几则古人的爆笑小笑话 / 029

爆笑一句话小笑话 / 032

别碰我，小心触电 / 034

民航飞机上的爆笑笑话 / 037

高考减压笑话，轻轻松松进考场 / 039

幽默的学生 / 044

生活中的幽默搞笑 / 048

幽默哲理小故事 / 050

逗你开心的生活笑话 / 053

幽默男女笑话 / 060

幽默的年轻人 / 062

"名著"也幽默 / 065

笑不够的居家生活趣事 / 070

经典冻人的冷幽默 / 072

生活趣语，开心杂侃 / 081

爆强雷语，犀利调皮 / 085

歪解成语 / 089

居家生活中的夫妻趣事 / 091

80后搞笑的小时候 / 096

搞笑讽刺小笑话 / 098

爆笑汉字侃房 / 101

搞笑In语签名档 / 104

网购时候的幽默对话 / 107

搞笑的上市企业问答 / 109

企业老总的小幽默 / 111

风趣段子里的雷人爆笑事儿 / 113

家庭生活搞笑冷幽默 / 115

爆笑段子里的人生百味 / 117

搞笑雷人的年轻人 / 119

生活里雷人的小段子 / 121

鬼机灵的孩子笑死人 / 124

老师其实也搞笑 / 132

医患之间的爆笑 / 135

段子不雷人，但让人深思 / 137

校园里的糗事笑话 / 139

有趣的军事小笑话 / 144

是生活改变了馒头 / 146

生活万象，搞笑幽默段子 / 148

极品糗事，保你乐开花 / 156

幽默风趣的文化人儿 / 164

职场幽默，让工作不那么枯燥 / 167

雷人宝宝笑翻人 / 173

自从得了精神病，整个人精神多了 / 176

笑翻天的交通笑话 / 181

职场段子谁能忍住不笑算谁狠 / 188

火爆的冷笑话精选 / 198

刚出锅的热腾腾的经典语录 / 206

可爱师生欢乐多 / 210

笑到没下限 / 215

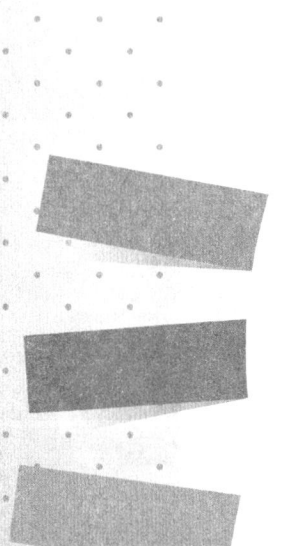

80后都知道初中英语课本中经常出现李雷、韩梅梅这些名字。

昨天我和舍友讨论为什么高中英语课本中不见这些名字,一哥们儿突然说:"他们没考上高中吧?"

老师:"小伟,昨天考试你抄同桌的答案了吧?"
小伟:"是的,您怎么发现的呢?"
老师:"他第十题的答案是'我不知道',而你的答案是'我也不知道'。"

一男生暗恋一女生多年,终于深情表白。

男生："为了能一直喜欢你,我高考时把志愿都改了。"
女生："可是我大学四年也没见过你。"
男生："我没考上……"

小明转到新学校后,按照学校要求填写了"转学自评表"。在"是否曾经因考试作弊受到处分"一栏,小明填了"否",并在"说明原因"下写了"未曾失手"。

球员转会前要进行文化考试,教练事先向主考官打招呼说:"我们的球员文化差点儿,题目别太难了。"主考官答应了。

考试时,主考官看了球员一会儿,问道:"七乘七得多少?"

球员思考了一会儿说:"四十九。"

这时教练立刻站了起来,恳切地说:"考官,请你再给他一次机会!"

教你怎样一句话噎死别人

有一位四十岁的女士长得不错,工作收入也稳定,但就是没有结婚。

有一天小红问她:"你条件这么好,怎么还没结婚啊?"

那位女士回答:"我小时候是田径队的,有一次受伤,脚底留了个疤。"

小红继续问:"脚底有个疤跟你没结婚有什么关系呢?"

那位女士说:"对啊!那我结不结婚跟你有什么关系?"

小峰想要追一个很漂亮的女生,那个女生对他说:"等会儿我照下镜子,看究竟是哪里长坏了,让你来追我。"

有一天,老师讲课正讲得不亦乐乎,突然发现有人在睡觉,就很生气地叫旁边的同学把他叫起来。没想到那个学生竟然很不屑地说："是你把他弄睡着的，你自己叫！"

老师发现小军在课上睡觉，于是很生气地叫他到黑板上解题。

小军还没走到黑板前，老师就开始说他："成绩那么差，上课还敢睡觉，真不知羞耻！脑袋是不是放在家里了，整天只会睡！"

没想到小军居然把题解得很漂亮，老师有点下不来台，只好让他回座位。

回到座位上后，小军对老师说了一句："我再睡一下，你待会儿还有不会的再问我。"

初中一同学英语巨烂，有次考试，作文要求是讲述小明被车撞后送去医院，他正文写到：xiaoming walk lushangbei car zhuang .120wuwawuwa come。英语老师拿起书就怒斥他，我让你wuwa wuwa！

火车上碰见一学生物的女孩。听她讲起她们的实验课。实验室里，老师一名，学生数人，小白兔一只。大家看老师带来一只可爱的小白兔，于是都忍不住去逗它，其乐融融的。老师微微一笑："好玩吗？"同学纷纷表示可爱好玩。老师眉目一横："杀了吧！"

某同学生了一个小女孩儿，今年三岁，聪明得狠，经常语惊四座。

一天同学带小女孩串门,主人见她可爱就逗她说:"今天中午爸爸给你做的什么好吃的啊?"答曰:"炒土豆丝!"主人于是装作惊讶状说:"呦!你爸爸还会炒土豆丝哪!"小女孩儿很不屑地看着这个成年人,撅了撅嘴:"你当他傻啊!"

一位夫人到画商那儿去买画,她挑来挑去,挑中了一幅静物画,画上有一束花、一碟火腿和一个面包圈。

夫人问:"这幅要卖多少钱?"

"50个美元,这可是非常便宜的了。"

"可是,我前两天看见的一幅画,几乎和这幅一模一样,才卖25个美元。"

"那它一定画得不如这幅好。"画商很内行地说。

"不,我觉得它比这幅好。"

"为什么?"

"它那幅画的小碟子里的火腿要比这一幅多一些。"

"生气"、"愤怒"、"抓狂"、"哭笑不得"有什么不同

小力问爸爸"生气"、"愤怒"、"抓狂"以及"哭笑不得"有什么不同。

爸爸说："我做个实验给你看，你就懂了。"

于是他翻开电话簿，随便找了一个林姓人家的电话号码拨了过去。电话接通后，他按下扩音键让小力听清楚——

爸爸："请问史泰龙在吗？"

对方："你打错了。"

爸爸："少来了，史泰龙在吗？"

对方："跟你说你打错了！"说着就把电话挂了。

之后，爸爸立刻又打电话过去——

爸爸："请问史泰龙在吗？"

对方："谁啊！你打错了！"

爸爸："请问史泰龙在吗？"

对方:"神经病!"说完又把电话挂了。

爸爸马上又拨了一通——

爸爸:"请问史泰龙在吗?"

对方:"你到底是谁?少无聊了!"

爸爸:"我是布鲁斯·威利斯,我要找史泰龙。"

对方:"白痴啊,我还阿诺·施瓦辛格咧!"说完又把电话挂了。

爸爸告诉小力:"这就是生气。接下来让你看看什么叫愤怒吧。"

爸爸又拨了一通电话过去——

爸爸:"请问史泰龙在吗?"

对方:"你欠揍是不是?要找史泰龙打去美国!你再打来试试看!"说完就更用力地挂了电话。

爸爸告诉小力:"这就是愤怒。接下来再让你看看什么叫抓狂吧!"

接着爸爸又拨了一通电话,这次隔了一段时间才有人接。

电话一接通,对方就骂道:"你有病啊!"

正当他破口大骂的时候,爸爸说道:"请问,是林公馆吗?"

对方:"喔,真是很抱歉,因为刚刚有人恶作剧,我不是故意要骂你的。"

爸爸:"没关系,请问史泰龙在吗?"

对方:"你……"

这次没等他骂完,爸爸就把电话挂了。

"这就是抓狂。"爸爸问小力,"你懂了吗?"

"嗯!"小力点点头,"但什么是'哭笑不得'呢?"

爸爸笑了笑,又打了同一个号码。这回对方接电话很快。

对方:"喂,你是存心要找麻烦吧!"

爸爸:"我是史泰龙,请问刚刚有没有电话找我?"

爆笑段子，不把人笑翻不罢休

托蒂前往罗马俱乐部训练中心训练，他一进球场，队友都哈哈笑起来了。

托蒂抗议道："笑什么笑！你们就这样尊重你们的队长吗？"

德尔维奇奥提醒他说："弗朗西斯科，你没注意到你穿的鞋子不一样么？一只是耐克，一只是阿迪，回家去换一下吧。"

托蒂回答："马尔科，你真是个笨蛋，我家里的鞋子也是一只耐克，一只阿迪，回家有什么用！"

性格放荡不羁并习惯讥讽当时大人物的伏尔泰，有一天将一名同辈作家赞扬了一番。

他的一位朋友对他说："我真遗憾听到您这样慷慨地赞扬这位先生。要知道，这位先生经常在背后说您的不是。"

伏尔泰当即回答道:"这样看来,我们两个人都说错了。"

德国哲学家叔本华某年住在法兰克福一间旅馆的出租套房里。他常去紧靠着旅馆的一家小饭馆吃饭,那也是英国军事人员常去的地方。

每次饭前,叔本华总要在自己的桌上放一枚金币,饭后又把金币收回口袋里。

有一天,一位侍从忍不住问他在干什么。

叔本华解释说,他每天都在心里与那些军官打赌,只要他们哪一天能谈论除了马、狗、女人之外的话题,他就把金币放进教会的施舍箱去。

有一次语文课,老师出了一道作文题目《记最难办的一件事》,让同学们做作业。

半个小时过去了,许多同学快完成了,可是小王却连一个字也没有写。

老师走过去,问他为什么迟迟不动笔,小王皱着眉头说:"写作文就是我最难办的一件事。"

小新刚回到家,爸爸就问道:"今天那么晚回来,又挨老师罚了吧?"

小新没说话,点点头。

爸爸问:"为什么?"

小新:"老师问我2+3等于几,我说等于5。"

爸爸:"没错啊?"
小新:"后来老师又问3+2等于几。"
爸爸:"这不是一样吗,傻子都知道。"
小新说:"爸爸,我也是这样说的。"

夜晚的出租车上,一白衣女子坐在后排。司机开着开着,从后视镜中发现女子没了,忙刹车回头,却看到人仍坐那里。司机继续开车,看了眼后视镜,发现女子又没了,又刹车回头,女子又出现了。如此重复几次后,女子满脸是血地抬起头,用低沉的声音说道:"我和你有仇啊?一绑鞋带你就刹车,一绑鞋带你就刹车!"

今天在办公室闲的没事玩磁铁,被领导看到了。领导伸手刚要拿,结果磁铁"嗖"地一下吸在了领导的金戒指上面,然后……

打电话和哥们儿诉苦感冒了,他告诉我,每年小病几场,就当升级病毒库了。

女生:"你愿意做我的太阳吗?"
男生:"我愿意!"
女生:"那么请与我保持92955886.7公里的距离。"

昨天终于鼓起勇气请暗恋的女生吃饭，饭吃到一半突然发现钱包不见了，我只好硬着头皮吞吞吐吐地说道："我……"

这时她涨红着脸说："我也喜欢你。"

期末考试前夜，小飞的父母在讨论明早做什么早餐。

妈妈说："要不做油条和鸡蛋吧，一根油条两个鸡蛋加起来就是一百分。"

爸爸略加沉默后说："考那么多门，100分不够，要不给他吃方便面吧，吃那个'统一100'。"

一男子怒喊："服务员，过来一下！"

服务员："您好，有什么事？"

男子问："20块一碗的牛肉面里怎么才有一块肉？"

服务员："先生，那您希望有几块？"

男子想了想说："怎么也得五六块吧。"

服务员冲着厨房喊道："出来个师傅，把这块牛肉切一下！"

每到快考试的时候，总会想起张无忌和张三丰的经典对白。

"无忌，我教你的你还记得多少？"

"回太师父，只记得一大半。"

"那现在呢？"

"已经剩下一小半了。"

"现在呢？"

"全忘了。"

"好,你可以上了……"

上家畜解剖课,讲骨组织,老师拿起一个布满圆洞的头骨,一本正经地问:"同学们知道这些洞是怎么来的吗?"有人说它病了,有人说有寄生虫,还有各种奇怪的答案……老师挨个否决,面无表情,众人屏息,以为又有什么要点忘记了。这样持续了十分钟,最后老师作语重心长状:"其实啊……"刚说完这句,他就开始前仰后合地边笑边说:"其实啊,这是我用电钻打的孔!"全班人仅用一秒凌乱,然后集体跟他前仰后合地拍桌子,打滚笑……这是怎样的解剖学教授啊!

话说,我刚离家读大学的时候是懵懂小萝莉一枚,爸爸常常嘘寒问暖倍加呵护,对学习生活多加关注。某天图书馆自习中,爸爸发来短信一条,开心回复之,半晌,爸爸赫然回复:"不要玩手机了,专心点,好好看书……"后来,爸爸再发来短信,忽略处理,几个小时过后爸爸愤然打来电话,申诉:"你为什么不回短信!"爸爸啊,我到底该怎么办……

 小的时候，夏天，电一跳闸，大人就说又有人偷电了。我一直在想这电是怎么偷的，后来总结出肯定是拿个包或者盆之类的东西到电线杆子下去挖。

 我小时候一直认为人口普查是站到飞机上面数人。

 在动画片《黑猫警长》的片尾，画面中用枪开出4个字"请看下集"，每到这时我就等着看下集，可是总等不到，还一直想怎么又骗我。

小时候妈妈告诉我黑白花的牛是奶牛。后来路遇一斑点狗,我脱口就喊"奶狗"!

小时候我家的鸡和鸭子关在一个屋子里,奶奶每天早上都能从屋子里拿出好些蛋,所以那时我一直以为鸡是母的,鸭子是公的。

打电话占线的时候,话机里会说:您拨的电话正在通话中。我总以为说的是"宁波的电话正在通话中",心想我没有打到宁波啊!

小时候认为风是树带来的,冬天刮风的时候就总想把树都砍掉,但是一想到夏天,只能忍了!

总是听广播里说"报纸摘药(要)",一直想不通报纸上怎么会长药呢?

我是沈阳人,小时候家里住的是没有暖气的楼,冬天的早晨很冷,就不爱起床。有次爸爸从外面进屋,告诉我今天的天气特别冷,满马路都是耳朵——因为我听说天气特别冷的时候,人的耳朵露在外面很快就冻硬了,一扒拉就会掉下来。我急急忙忙穿好衣服跑到马路上看，发现什么也没有了，就以为是清洁工扫走了，暗暗后悔起来晚了。

小时候看电视剧，一直认为是演员现场演出的。后来我发现一部电视剧刚在这个台演完，又在那个台演，就认为是演员又跑到那个台去演出了，于是就拼命地挑错，想看看有没有演得不一样的地方，结果没有，那些演员演得真好！

我没上过音乐课，有一次在玩沙子的时候突然想到，音乐才7个音，拼来拼去能拼出几首歌来？可怜的音乐，原来这么容易就会终结……

工资发少了，看看我是怎么省钱的

做饭时，多凉拌，少煎炒，每次可节省0.1立方的煤气，约0.14元，且凉拌不会破坏蔬菜原有的维生素和营养物质。

晚饭时，对妻子讲恶心笑话，每次可节省半碗米饭或一个馒头，并帮助她减肥。（此法早午餐时不能用，否则饿出病来要花医药费。）

妻子不在家时不洗碗，每次节省0.002元水费，如果怕落尘，可将碗倒置。

🐺
　　每两周洗一次内衣，减少洗衣机对它的摩擦，每两年可节省内衣一套。袜子没有特殊情况不穿，有人问就说袜子是肉色的。

🐺
　　在家不穿鞋，每三年可节省拖鞋一双，约6元，且能给妻子回归大自然的感觉。

🐺
　　出门一律步行，两公里内散步，5公里内慢跑，10公里内快跑，12公里以上跑一会儿歇一会儿，省钱的同时气死那些花钱在健身房的傻瓜。

太形象了！
女孩子的脾气等级搞笑版

有人曾一针见血地说，女孩子的心情就像天气一样，晴时多云，偶有阵雨，让人捉摸不定。这也道尽了许多男同志的无奈。如果女孩子的脾气真的像天气的话，让我们来好好看看天气的分类。

0级，无风：这时候你完全感觉不到任何脾气，像是处在静止的空气中。发生这种情况时女友通常都不在身边，此时你的精神可以处在完全放松的状态下。

1级，软风：这时候你会微微感觉到一点反应，你会看到女孩子笑着说讨厌，觉得她就像春天的软风。

2级，轻风：这时候女孩子已经开始表现出不悦，通常会用一声无聊代表她的感觉,然后很快地转身走开。这个等级不会对你造成任何影响。

3级,微风:这时候女孩子开始表现出更多的不悦,通常的表现是拿小东西打你,让你知道适可而止。这个等级不会太影响你,因为你以为她只是与你开玩笑。

4级,和风:这时候女孩子开始使用一些语言来表示不高兴。

5级,清风:这时候你会感到一点寒意,通常女孩子会狠狠地瞪你,还会说一些风凉话。千万别以为只是清风而已,如果你还不采取措施的话,这个等级与下一级的强风可是只有一级之隔!

6级,强风:这时候女孩子声调调高,开始骂人,你应该知道进退了。

7级,疾风:这时候女孩子开始发飙,不停咒骂。

8级,大风:这时候就有点恐怖了,伴随着不停的咒骂声,还有不时摔东西带来的巨响……

要命！女朋友的口头禅让我头疼不已

【看你】

男："咱们干脆回家好了。"

女："看你。"

男："坐公交车吧，我送你。"

女："不要，太挤了。"

男："那打车？"

女："这么近的路不划算。"

男："那就走回去，散散步？"

女："空着肚子散什么步呀！"

男："那你到底想怎么着啊？"

女："看你。"

男："那就先吃饭？"

女："随便！"

男："吃什么？"

女："都行！"

【都行】

男:"咱们现在干吗?"

女:"都行。"

男:"好久没看电影了,看电影去吧?"

女:"耽误时间,看场电影一晚上就没了。"

男:"那打保龄球?运动运动。"

女:"大热天的,不嫌累啊!"

男:"那找个咖啡厅坐坐,喝点水?"

女:"晚上喝咖啡影响睡眠。"

男:"那你说干吗?"

女:"都行。"

【随便】

男:"今天晚上吃什么?"

女:"随便。"

男:"吃火锅吧?"

女:"吃火锅脸上长痘痘。"

男:"那吃川菜?"

女:"昨天才吃过……"

男:"那吃海鲜?"

女:"吃了拉肚子!"

男:"那你说吃什么?"

女:"随便。"

一位女士无聊的自我介绍

我本来不会这么轻易公开身份的,可是总有人把我误会成虚构故事中的漂亮女主角,我一澄清,反而会被说是"解释就是掩饰",既然这样,我就公开我的真实身份吧,以免有C女冒充M女之嫌疑。

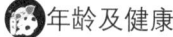年龄及健康

我还算年轻,离我的计划寿命还有五十多年。嗯,既然是公开身份,就直白一点吧,我今年难题发语岁,哦,不对,新的一年里我应该是难题思克思岁了。身体非常健康,按目前的健康状况,活到我的计划寿命——一百五,应该没有问题。

职业及投入产出分析

我毕生致力于环境保护、能源物质再利用的工作。什么?科学研究所?那地方是些整天务虚的人待的,我是务实的。

我的投入产出分析表明,没有哪个行业能有我这个行业的优势。

很多自以为是的人，都为自己低投入、高产出而自豪。但在我们这个行业，投入不是低，不是零，而是负数！

我们把影响环境卫生、没有用处的垃圾，都变成了金钱！

……你要叫我捡垃圾的，随便你好了。

🐾 **外表及相貌**

知道秀色可餐是什么意思吗？就是见到我你就不用吃饭了的意思。——反正那时你肯定吃不下了。

我不知道"拉他"这个词是谁创造的，不要总这么说我。虽然也喜欢街上的帅哥，可我很害羞，从来没有主动去"拉他"。

🐾 **爱好**

上面一不小心就暴露了我的第一爱好——喜欢帅哥，既然这个最难说出口的都说出来了，那么其他的也就没什么不能说的了。

我的第二爱好是储蓄。我的地盘——八一桥下第1.5个门洞里堆满了的可以快乐的瓶子，是我的一笔巨大财富。可惜最近金融危机，原本0.10元/个，现在变成了0.10元/3个，资产缩水了三分之一，真是令我心痛！等经济好转后再把它们变成流动资产吧。

我的第三爱好是……不好意思，我可不是非主流，上网现在可是主流。虽然和我一样年龄和职业的人都没有这份闲情逸致，可网吧老板很乐意让我每天操作半个小时角落里没人去的电脑。其实他是占了便宜的，我听他对老板娘说过，与其让我整天挡在门口，还不如……算了，我很大度，这点儿便宜就让他占了吧，要不这帖子怎么能发到网上呢？

🐾 别人说的，我不喜欢听：其实我就是街口那个捡PL的LMM。

暴汗！80后十年前后的经典变化

 十年前，撒了一次谎，觉得自己是坏孩子，后悔不已，痛苦得晚上睡不着觉。

十年后，在老板面前说了一次真话，懊恼不已：哎，怎么一不留神又说真话了，这月的奖金又玩完了！

十年前，看见电视上有亲热的镜头立马换台，但脑子里一直浮想联翩，连换台的速度都明显加快，只为再扫一眼。

十年后，谈情说爱的电视剧一律不看。

十年前，看见国足失球，捶胸顿足拽头发，恨不能自己上场去踢。

十年后，看见国足失球，狂笑不已："呵呵，又失球了！"为了这简单的快乐足球大家干一杯!

十年前,在街上看见情侣牵手逛街,很鄙视地看他们,心想这么大的人了也不知道害臊!

十年后,看见牵手的情侣,只扫一眼,然后对身边的老婆大声喊:"来,老公亲一个!"路人惊叹,老婆发飙。

十年前,每天照镜子,希望胡子快点长长,这样就可以装深沉了。

十年后,每天刮十分钟胡子,就怕别人说自己看上去比实际年龄老。

十年前,买衣服只买西服,然后西装笔挺地上街,觉得自己特绅士。

十年后,已经想不起自己的西服是什么颜色的了。

十年前,信誓旦旦地对女友说只爱她一个人,结果只是感动了自己。

十年后,对老婆说我爱你,老婆表情麻木地对我说:"少贫,快去买盐,我这儿还等着做饭呢。"

十年前,用攒了小半年的生活费买了双真耐克,舍不得穿,只是有事儿没事儿拿出来看看,心里特舒服。

十年后,穿一双假耐克到处炫耀:"瞧,哥们儿用一百就淘到A货了!"但大家都不相信鞋是假的。

十年前,喜欢照相,摆不同的POSE,只为留住青春。

十年后,拿着自己以前的照片满脸疑惑地问母亲:"妈,这是谁啊?咱家怎么会有他的照片?"

十年前,是一个装大人的孩子,看见大五岁的人都害羞地叫叔叔。

十年后,是一个装孩子的大人,看见大二十岁的人都亲切地叫哥。

十年前,最不屑父母的叮嘱,觉得自己是大人了。

十年后,已经成家,有了自己的孩子,每次回家都会给父母一个发自内心的拥抱,对他们说:"爸妈,我好想你们。"但父母却说:"孙子,爷爷奶奶好想你啊!"

十年前,坐在爷爷旁边,和爷爷勾肩搭背,拔爷爷的胡子,觉得爷爷是活神仙,会长生不老。

十年后,泪流满面地站在爷爷的坟前,才发现一切都真实得可怕。

如何冒充高档汽车

手摇侧窗时保持匀速,别人会以为你用的是电动车窗。

停车等信号时一直踩着刹车,别人会以为你的车是自动挡。

刹车时配合手刹,这样别人看起来车往下坐,不会点头,和宝马一样。

找一盘录好"前方700米转弯,300米后掉头"的CD,别人会以为车上有GPS导航。

在自己刻录的CD表面写上"MP3",别人会以为你的汽车可以放MP3。

把车顶锯掉换成布的,别人会以为是敞篷车。

在车顶贴一块灰色塑料布,别人会以为车上有全景天窗。

在车顶装螺旋桨,在车底装推进器,别人会以为你开的是水陆空三栖车。

最省事儿的就是开车时尽量放低身子,让别人以为你的车是无人驾驶。

几则古人的爆笑小笑话

父亲叫儿子去买瓮,并叮咛说:"挑个好的,别挑个烂的。"

儿子去了一天空手而归,父亲吃惊地问怎么回事,儿子说:"唉!挑不出一个好的!"

父亲更吃惊了:"不会吧?那么大个店,没有一个好的?"

儿子不高兴地说:"不信你自己去看。我到了店里,老板说瓮在后院儿扣着。我去后院儿一看,全都没口儿。"

父亲哭笑不得:"那你不会翻过来看看?"

儿子不服气地说:"我翻过来一看,还都没底!"

有一次,迁公喝醉了酒,路过鲁参政家门口时忍不住吐了一地。

鲁家看门人骂道:"哪儿来的醉鬼,竟敢在我家门前乱吐!"

迁公抬眼轻蔑地斜视着看门人说:"是你家的大门没盖对地方,

竟然与我的嘴对着！"

看门人觉得这个人说话很有趣，就笑着反驳道："我家的大门建很久了，岂是今日对着你的嘴建的？"

迁公指着自己的嘴说："老子的嘴也有些年头了！"

从前有个人不学无术，却爱装文雅。

有一天，有个朋友告诉他最近断弦了，他不懂得什么是断弦，只得附和着。朋友观他脸色，便解释到是女人死了。

过了几日，这个人的母亲不幸病故，别人见他身着孝服便问他怎么了。他文质彬彬地回答说："断弦了。"

人家又问他断弦为什么穿孝服，他想了一下说道："我断了老弦。"

张三的岳母死了，他请求私塾先生替他写一篇祭文。

私塾先生找出本子，从里面翻到一篇祭奠岳父的文章，逐字逐句地抄下来交给了他。

张三拿去半天之后又转了回来，说他请别人看过，祭文写错了。私塾先生听后生气地说："什么人说我写错了？把我的本子拿去给他看，我一个字都没有抄错！要不就是你们家死错了人！"

迁公家里有个非常矮的小板凳。迁公每次坐的时候都要在凳腿底下垫几块瓦片，久而久之就不耐烦了。

有一天，他忽然心生一计，叫仆人把板凳搬到楼上去，以为在楼上坐，板凳就会高了。

到了楼上后，迂公发现小板凳仍然没有变高，于是气愤地说："人们都说楼高，我看不过是瞎说罢了！"于是命人把楼拆了。

爆笑一句话小笑话

鸠山由纪夫宣布辞去日本首相职务。老婆问我,为什么让纪夫宣布鸠山辞职?

赫鲁晓夫与肯尼迪赛跑,惨败。塔斯社报道:"赫鲁晓夫同志获得亚军,美国总统获得倒数第二名。"

终于知道了"君要臣死"的下一句——"臣facebook"。

在通往厨房的道路上扬帆起航,在呵护老婆的征程上乘风破浪,在辅助老婆的幕墙后一帆风顺……

我喜欢慢慢地吃苹果,因为我怕噎着。噎着就噎着了,可万一没有王子来救我,那这戏就没法演了。所以我还得睁只眼,万一被猪亲了就完了。

想骂人时要这么想:"世界如此美妙,我却如此暴躁,这样不好,不好。"

加班的时候要这么想:"再累再苦,只当自己是个二百五;再难再险,只当自己是个二皮脸。"

世界上最可怕的两句话,一句是:"我这么爱你,你为什么不爱我?"还有一句是:"我这都是为你好。"

初中的体育老师说:"谁敢再穿裙子上我的课,就罚她倒立。"

别碰我，小心触电

♥

一人出对联："横批：天蓬元帅；上联：在上是帅。"
另一人不假思索，脱口而出："在下是猪。"

♥

"你小时候的梦想实现了吗？"
"实现了一半，那时候想当警察叔叔，现在当上了叔叔。"

♥

一医生在家接到同事电话："打麻将，三缺一！"医生说："我马上来！"
妻子在旁边问："情况严重吗？"医生严肃地说："很严重，已经有三位医生在那了。"

♥

一名男子对一名女子说:"你是我黑暗中的电灯泡!"说完便抱住那个女子。

女子推开他说:"别碰我,小心触电。"

♥

小刚随妈妈去乡下外婆家,看到一只猪嘴角挂满沫,于是奇怪地问:"妈妈,那猪刷完牙怎么不洗脸呀?"

♥

妻子是少数民族。有天和妻子吵架,父亲怒道:"吵架归吵架,影响民族团结可不好!"

♥

希望如火,失望如烟。人生如四处点火,八处冒烟!

♥

昨天过生日,老婆给我买了两双鞋子。今天生日过完了,老婆就把鞋拿去退了。

♥

妈妈带儿子散步,路上看到消防车开过去,便对儿子说:"他们去救火。"

儿子说:"救火?应该是灭火!火是坏的,还要救它呀?"

♥

老师:"你们看那个同学,学得多认真,头不睁眼不抬的。"

♥

王五去买一辆8万元的车,他搜遍全身就搜出79998元,差两块钱。这时他看见店前有一乞丐,就过去跟乞丐说:"求你了,给我两元钱吧,我要买辆车。"乞丐很正式地拿出4元钱递给他,同时说:"帮我也买一辆。"

♥

女友提审男友:"你以前到底谈过多少次恋爱?"男友说:"其实也不多。不是说一个女人就是一所学校吗?我也是跟别人一样,从托儿所到幼儿园,然后进入小学、中学、大学,接着读硕士、博士,一直读到博士后,直到现在遇上你,我总算找到'用人单位'啦!"

民航飞机上的爆笑笑话

  午饭时间,空姐走了出来,问旅客需要点什么。

旅客们的要求五花八门:广州旅客要奶茶,海南旅客要椰汁,北方旅客要二锅头。小朋友们有要冰激凌的,有要酸奶的。

还有人问:"小姐,有燕窝吗?"

更有一个人问道:"脑白金有吗?"

前几天飞北京,遇到一旅行团,收餐时餐盘中的餐盒统统被团友扣留,准备带回家作纪念。

一乘务员耐心解释:"这些都是必须回收的餐具,麻烦各位配合我们回收。"

后大部分人上交,但仍有个别假寐,拒不交出。再劝,又交回几个,但仍有个别顽固分子,坚持说已交给乘务员。

一乘务员忍无可忍，大声对另一乘务员说："难道他们不知道下飞机时门口会响警报吗？"

此言一出，餐盒全数收回！

一旅客捧着吃得干干净净的餐盘对空姐说："小姐，你们的餐食太差了，简直就是狗食！"

乘务员："鸡肉米饭和猪肉米饭请问要哪种？"
旅客："我们两个是猪，他是鸡！"

乘务员："请问牛和鱼您要哪种？"
旅客："我要牛和。"
乘务员："是牛，和鱼。"
旅客："哦，那我要和鱼。"

有位空姐在飞机上服务，她友好地询问一对年轻的外籍夫妇，是否需要为他们的婴儿预备点早餐。那位男顾客出人意料地用中国话答道："不用了，孩子吃的是人奶。"为进一步表示诚意，这位空姐习惯性地说："那么，如果您孩子需要用餐，请随时通知我好了。"

高考中

拿到卷子后,发现题目很简单,心想昨晚浪费了好几个小时复习,先闭目养神10分钟吧。睡醒之后一看手表,天啊,只剩10分钟了!卷面还是空的呢!

考试中,一个学生对老师说:"老师,我的钢笔不出水了。"
老师:"你可以甩一甩。"
学生甩了甩,突然又说:"老师,我的笔尖找不到了!"

高考作文错别字及乱用篇

华盛顿教育他的下士说:"一屋不扫,何以扫天下?"

汽车忽然停了下来,上来了三个青年,一脸的不正气。这时列车员也发出了警告:"小心扒手!"

他白天上学和打工挣钱,晚上就在阳光下偷偷看书,最后成为了俄国的奠基人——高尔基。

二战结束后,德国取得了历史性的胜利。就在举国欢庆之时,总理弗兰克却开始反思战争给波兰人民带来的伤害,并决定向波兰道歉。

我们每个人都有一句话挂在嘴边,有人嘴边是一句积极的话,有人嘴边是一句消极的话。虽然我们不知道哪些话最常被挂在嘴边,但肯定有一句话被挂在嘴边。

我在初中时常听到这么一句话:天生我材必有用,千金散尽还复来。当时只觉这句话很顺口,但却不知道是谁说的。上了高中后,随着眼界的开阔和知识的增长,我终于知道这是苏轼在被贬途中所写的诗句。

那些选择了金钱和美色的人们,请你们扪心自问,你们快乐吗?你们高兴吗?如果你的回答是肯定的,那你一定不是人。

司马迁屡遭宫刑。

我斧斧是个老红军。

苏武壮羊。

随欲而安。

我们中国是礼夷之邦。

我嘴边常挂着一句深居简出的话。

适食物者为俊杰，适者生存。

记得鲁迅先生曾说过这样一句话："走自己的路，让别人说去吧。"

有一种自卑叫自信，有一种跌倒叫爬起。

口头蝉/口头弹。

独霹英雄丁晓兵。

金童玉女一相逢，便降下甘霖无数。

70后早已作古,80后也不足挂齿。

一个80后倒下去,千百个90后站起来。

80后是垮掉的一代,90后是趴下的一代。80后拒绝加班,90后拒绝上班。

机遇像雨点般向我打来,但都被我一一闪过。

马瘦毛长蹄子肥,儿子偷爹不算贼。

瞎大爷和瞎大妈过了半辈子,谁也没见过谁。

俗话说:人有多大胆,地有多大产。土地如此,人何以堪?所以我们更应对未来怀有远大的抱负。

作文精彩段落摘录

感动是我家那条小黄狗。每天早上我带着感动出发上学校,感动老是不听话,时常跑到我的前面,和另一只"感动"恋爱去了。有时,感动跑到槐树下撒尿,我就说:"感动,别干坏事。"但是没办法,因为感动没有上过《思想品德》课。——《带着感动出发》

饥寒起盗心,这是不是人之常情?我说不准。但现在的强盗并不是因为饥寒才起盗心,而是因为想一夜暴富而起盗心。但有一点是肯

定的,偷东西被打了会痛,这才是人之常情。——《人之常情》

歌德说过:哪个小子不钟情,哪个闺女不怀春,因为春来草自青。那天,我疯了一整天,没吃饭就回家了,到家就肚子痛。如何肚子痛,其实也没啥深奥道理,只是因为饿了。于是想到一个绝妙好联:春来草自青,饿了肚子疼。——《春来草自青》

山重水复之时能叫人不烦恼吗?作文题目是《不要轻易说"不"》,我也认同这观点。但事到如今,能不说"不"吗?看到作文题目,我有如晴天霹雳,满怀的自信也一下子全没了。难道我堂堂男子汉注定要死在这篇作文之下吗?难道我满腹的才华就不能得到展示吗?难道我今天真的江郎才尽了?回想昨晚夜修,我还看着历史书找典故,为今天作文做充分的准备……

实验考试

今天化学实验考试,做离子鉴定来着。于是乎本人将若干试剂混合在一起后,忽然闻到一股很浓的臭鸡蛋气味。熟悉这个气味的我立刻在考卷上写上二氧化硫……

结果对答案的时候才知道,不知道哪个天杀的在我做实验的时候放了个屁……我的考试啊!

幽默的学生

幼儿园的老师拿出一张中国地图问小朋友是什么。
有人回答:"天气预报。"
老师又拿一个地球仪问小朋友是什么。
所有小朋友都回答:"新闻联播。"

历史老师正在讲拿破仑,忽然看到有学生在打瞌睡,不由得感慨:"各位同学,拿破仑一天只睡三个小时,你们从其中能得到什么启示呢?"
学生答:"睡眠不足长不高!"

现在很多学生都怕被老师提问,因此上课时老是坐在后面的位置上,所以每次上课时前排的座位总是空的,而后排却拥挤得不得了。
针对这种现象,老师只好出台一项政策:谁想回答问题就坐到后面去，会向后排的同学多提问。从此前后排的情况就发生了对换。

有一次，老师向一个同学提问："李明同学，网络游戏会对青少年带来哪些不良影响？"

那个同学镇定地站起来回答道："老师，我坐的是前排啊。"

老师："你这篇论文是抄的吧？"
学生："你怎么知道？"
老师："这篇论文是我6年前写的。"
学生："啊！对不起，老师，我事先并不……"
老师："不过，我还是决定给你优秀。"
学生："谢谢老师，这是为什么呢？"
老师："当时我的导师只给了我及格，可我一直认为这篇论文应该得优秀。"

大考后，班主任训话："都是同一个老师教的，为什么有的同学考得很好，有的同学考得很差呢？"

一个声音从角落里响起："因为监考老师不一样。"

小明对小伟炫耀说："我们班一个女生送了我一个杯子，'杯子'谐音'辈子'，她的意思是要和我做一辈子的好朋友。"

小伟马上大喜："那咱们班班花送给我一套茶具，有八个杯子呢，这是不是要世世代代和我做好朋友的意思？"

小明说："怎么会呢？她的意思是说，摊上你这么个朋友，真倒了八辈子霉了！"

某留学生中文不太好，一日去中文老师家拜访，和老师唠家常。
留学生："老师，您有几个孩子？"
老师："1个。"
留学生："7个？"
老师："不是7个，是1个。"
留学生："11个，这么多啊！"
老师："不是11个，而是1个。"
留学生："又21个了？"
老师："不是21，就是1个。"
留学生："哦，91个。"
老师："……"

一大学生在被子丢失以后写了如下寻被启事：
你怎么不说一声就走了？每夜有你陪伴，我才能美梦到天明。没有你的夜晚漫长又凄凉，亲爱的，回来吧！

高中毕业前夕，一位决定留校复读的学生在毕业纪念册上留言：
各位同学，我还有事，你们先走吧！

语文课上，老师问古时候称呼'我'的方式有哪些，同学们回答有吾和余。

小辉喊到:"寡人,朕!"

老师没理会他,又问:"还有哪些?"

小辉又喊到:"老衲,贫僧,贫道啊!"

班里笑成一片。

小伟是个霸气的孩子,考试的时候一上来就睡觉。

到考试快结束时,监考老师叫醒他:"没时间了,还有5分钟就交卷了!"

小伟醒来后淡定地说了句:"5分钟不是时间呀?"

当大家都以为他准备起来神速完成试卷的时候,他倒头继续睡了……

有位老师对学生很不好,一帮学生被压迫已久。

这天,这位老师正在讲课,坐在后排的一个男生突然面露痛苦之色,用手捂着肚子轻轻地呻吟。老师也没搭理,继续讲课。

过了一会儿,老师刚一转身在黑板上写笔记,那个男生就发出"呕……哇……"的呕吐的声音。

这时和他同桌的一位男生以极快的速度将一瓶八宝粥倒在那个男生的课桌上。待老师回过头时,见那个男生的课桌上布满黄白之物,另一位男生拿出一把小勺,一勺一勺地将课桌上的东西舀起来放到嘴里,边嚼边说:"嘿,这哥们儿中午吃的花生耶!"

老师见状"哇……呕……"。

生活中的幽默搞笑

 儿子:"爸爸,昨晚我女朋友要我再拿出一万买金戒指和金项链,她才和我结婚。你就再咬咬牙,给我一万吧!"

父亲一听,忙张大嘴,吼道:"瞧瞧,我的牙都掉完了,还拿什么再咬呢?"

 老汉驾车卖瓦盆,高喊"精品、美观、结实、实用"。

一老太太至,老汉拿起一盆,用手敲打着道:"你听这声音,清脆,响亮,悦耳!"

突然,盆裂成两半,老汉又道:"你看这口,新鲜,整齐,干净!"

老太太只是笑,老汉无奈,驾车欲走,顺手将破盆丢到路旁。

老太太道:"你把盆捡走吧,别扎到别人的脚。"

老汉道:"无妨,一下雨就变成泥了!"

老张四十谢顶，终日忧烦，一天忽然见到报上登着治疗谢顶秘方的广告，大喜，立即汇款邮购。数日后收到回信：请问您要假发还是帽子？

一个贵妇抱着一只小狗上了公交车，并将狗放在了座位上。
售票员说："对不起，请您将狗放到地上。"
贵妇说："我会给狗买票的。"
售票员说："那您的狗得和人一样坐着，不能趴着。"

小红想买双皮鞋，她挑来挑去，最后对售货员大声说："我要最早看中的那双！"
售货员说："对不起，那双两小时前已经卖出去了。"

妻子上街买衣服，一回来就气呼呼地坐在沙发上说："气死我了，卖衣服的竟然说我没有腰！"丈夫赶紧劝她："别听那人瞎说，你脑袋下面不都是腰吗！"

一个老太太取出自己在储蓄所里的所有存款，一刻钟后又重新存入。营业员不解地问她这是干什么？老太太生气地说："我想数数我有多少存款不允许吗？"

幽默哲理小故事

♥

　　一头年老体弱的狮子无力自行觅食,只好躺在洞穴中。他一副病入膏肓的样子,呼吸困难,说话也有气无力。

　　消息很快在兽群中传开,大家都为他哀伤不已,一个接一个地去探望他,哪知道这头狮子就这样待在自己的洞穴中,轻而易举地把探望者一个个捉住吃掉。

　　狐狸对这件事很是怀疑,也去看个究竟。他向狮子问好,狮子见他站得远远的,便道:"啊,我最亲爱的朋友,为什么站得那么远?来我耳边说句话吧,我快不行了。"

　　"愿上帝保佑你!"狐狸说,"但请原谅我不能久留。老实说,我感到十分不安,我看到的脚印都是走进洞去的,而没有看到走出来的。"

♥

　　张殿英在朝为官,一日忽然接到老家书信,拆开一看,方知家人与邻人发生争执,起因是两家院子中的墙塌了,重新砌墙时都为多占些地皮而寸土不让。家人捎书请他出面说话,想以此让邻人退缩。

　　不久,张殿英的家人收到了盼望已久的回信,里面却只有一首打油诗:

　　千里捎书为打墙,

　　让他三尺又何妨。

　　万里长城今尚在,

　　不见当年秦始皇。

　　家人明白了其中的道理,主动往后退让了三尺。邻人不甘落后,也往后退让了三尺。于是中间出现了一条六尺宽的胡同,可供村民行走。

♥

　　老和尚携小和尚云游,途遇一条河,见一女子想过河又不敢过,便主动背该女子过了河,然后放下女子,与小和尚继续赶路。

　　小和尚不禁一路嘀咕:师父怎么了?竟敢背一女子过河?他一路走,一路想,最后终于忍不住问:"师父,你为何犯戒背了女人?"

　　老和尚叹道:"我早已放下,你却还放不下!"

♥

　　魏文王问名医扁鹊:"你们家兄弟三人都精于医术,到底哪一位医术最好呢?"

　　扁鹊答说:"长兄最好,中兄次之,我最差。"

　　文王再问:"那为什么你最出名呢?"

扁鹊答说:"长兄治病,是治病于病情发作之前,一般人不知道他能事先铲除病因,所以名气无法传出去。中兄治病,是治病于病情初起之时,一般人以为他只能治轻微的小病,所以名气只及于本乡里。而我扁鹊治病,是治病于病情严重之时,一般人都看到我能做在经脉上穿针管放血以及在皮肤上敷药等大手术,所以以为我的医术高明,名气因此响遍全国。"

♥

两个妇人聊天,其中一个问道:"你儿子还好吧?"

"别提了!"另一个叹息道,"他实在够可怜,娶个媳妇懒得要命,不烧饭,不扫地,不洗衣服,不带孩子,整天就是睡觉,我儿子还要端早餐到她床上去呢!"

"那女儿呢?"

"她的命可就好了。"妇人满脸笑容,"嫁了一个不错的丈夫,不让她做家事,煮饭、洗衣、扫地、带孩子一手包办,而且每天早上还端早点到床上给她吃呢!"

逗你开心的生活笑话

一个很长的会议结束之后,大家喝水的喝水,上厕所的上厕所,后面有位兄弟郁闷地喊了一句:"这口尿憋的!"

经过不懈研究,我终于发现了麦当劳的秘密:买一个6块钱芝士蛋和一个13块钱的双层猪柳,再把一片猪柳塞到芝士蛋里面,就能得到一个13块钱的猪柳蛋和一个10块钱的猪柳堡了,能赚4块钱!

一天,老师讲圣经,讲到洪水把地球上的生物全淹死了。

小明问老师:"你确定?"

老师说:"确定。"

小明接着问:"那鱼呢?"

老师说:"你出去!"

爸爸问儿子:"你最爱爸爸还是妈妈?"儿子答都爱。

爸爸不甘心,又问:"如果我去美国,妈妈去巴黎,你去哪?"

"巴黎。"

"为什么?"

"巴黎漂亮。"

爸爸接着问:"那我去巴黎,妈妈去美国呢?"

"那当然去美国。"儿子理所当然地回答。

爸爸失落地问:"为啥总跟妈妈走?"

儿子一脸坦然:"巴黎刚才去过了。"

奥特曼才是世界上最有钱的人,因为所有取款机上都印着他名字的缩写"ATM"。

妈妈语重心长地对丽丽说:"你从小就不聪明,累死累活地才考上个大学,毕业后还找不到工作。现在司机、编辑、会计都要男的,连秘书也指定要男的,妈妈实在为你操碎了心啊。"

妈妈一抹脸,坚定地说:"所以趁现在老婆还是女人,赶紧上岗,要不然过两年……"

上大学时追过一女孩,表白数次,均无回应。终于有一天,女孩短信告知我周末一起去公园玩儿,我激动得一晚上都没睡好觉。

周末我们一起到了黄河公园,走了一阵,女孩说:"我有句话一直想对你说……"

我心想这事有戏,激动地说:"你说吧,我听着。"

随后她一句话差点让我背过气:"黄河也看了,这回死心了吧!"

一天,一位非常漂亮的女同事起晚了,没化妆便急忙冲到公司上班,结果那天被记了旷工。

今天在马路边,一个大学生样子的女孩儿走过来问路,上来就叫叔叔。

我心里这个气,老子三十还没有呢,哪里像大叔?于是双手一抱拳回道:"嫂嫂,什么事?"

跳伞训练马上开始,教官打开舱门,向士兵们叮嘱:"一定要数到10再打开降落伞。"

大家严格执行命令,一个接一个向地面跳去。突然有个士兵惊呼道:"前面那个一定会摔死!"

教官怒问:"怎么回事?"
"他有严重的口吃!"

洗衣服时把老婆的白裙子和牛仔裤混在一起洗,结果白裙子变成蓝裙子了!衣服晾干后,我把裙子叠好放在桌上,等着向老婆做检讨。谁知老婆回家后看到蓝裙子便高兴地扑到我身上:"老公,你给我买的蓝裙子好漂亮!我爱死你了!"

雯雯在涂护手霜,明明看到后把手伸过去也要用。雯雯看着他毛茸茸的手说:"这手还用护手霜啊?该用护发素!"

菲菲刚怀孕,有次和同事下班打车回家,路上突然遇到个大拐弯,两个人挤到一起。
同事说:"哎呀,我们三个都挤到一起去了。"
司机惊恐地说:"你们不是上来两个人吗?"

电脑老是蓝屏,我只好叫表哥来检查一下。
他来了看了足足十分钟,然后问我:"你显示器是不是哈六生产的?"
我没听明白,随便应了。
然后他说:"哈药六厂生产的就是蓝瓶的!"

小华跳槽去新公司面试。面试官问:"你毕业才两年,简历上写的三年工作经验是哪来的?"

小华从容地答道:"加班呗!"

老师在自习课上突然说:"别以为我不知道你们在玩手机,没有人会无缘无故地盯着自己的裤裆傻笑!"

外出拉练,一新兵看见路边有个人的制服肩膀上有六颗星,心中一惊,立刻立正敬礼以示敬意。

排长跑过来就是一耳光:"那是物业!"

某山区小村终于通电了,家家户户都装上了电灯。王五兴奋地把电闸合上,把电灯开关打开,可灯却没亮。诧异之时,其妻忙解释道:"别急,电还没流到咱们家呢!"

地方要建游泳池,工作人员动员居民们捐款,这时过来一位老农民说:"我捐两桶水吧!"

有一外乡青年去东北出差,向当地人打听能住宿的宾馆有多少,当地人回答说:"贼多,贼多!"年轻人被吓得连连后退,赶紧离开了。

曾经有一段时间家里闹耗子,妈妈买了耗子药,但是一个耗子都没药倒。一天早上,她起床看了看旮旯里的耗子药,自言自语道:"这药怎么没有人吃啊?"全家晕倒。

酒桌上,几个老爷们儿聊起婚姻与围城的关系。

老许说:"婚姻就是围城,我就是那城墙,天天围着老婆转。"

小刘说:"别看我结婚刚两年,但自打进了这围城,我就感觉找到了根据地,老婆把旗帜往城楼上一竖,我的思想顿时就跟着走了。"

话音刚落,老梁站起身来准备回家,大家劝他再坐会儿,他却摇了摇头说:"我得赶紧撤了,我家城规十点准时宵禁。"

大家都有,或者都听说过因为玻璃擦得太干净撞上去的糗事吧?说个发生在我身边的事。

和单位几个老师傅一起去逛皮革城,进门的时候发现一扇门玻璃很透亮,遂赞赏清洁工真敬业云云,还提出为什么不放个"小心玻璃"之类的告示。

逛完先跟一个师傅出来,就在那个门口边等其他师傅边闲聊,这师傅站累了,挨着玻璃门蹲下,往后一靠……结果后滚翻90度,直接摔到门外面去了……

人家那扇门就一框,根本就没玻璃!!!

昨天参加老公战友的婚礼,听他战友讲我老公的事。

我老公当兵的时候,一次开大会,领导上面喊我老公的名字。我老公答:"到!"领导问:"你最喜欢干什么?"我老公回答:"吃饭!"领导汗一个继续又问:"除了吃饭呢?"我老公回答:"吃肉!"我那个汗啊,您老人生目标就没别的了吗?

一哥们被分手,最后求女友一起唱最后一次歌,把我们都叫去了,在KTV里,他对女友说:"就让我给你唱最后一个歌吧。"

我们以为要唱什么深情歌曲,打动女友让她回头呢,结果他点了《嘻唰唰》。

音乐声开始回荡……

"请你拿了我的给我送回来,吃了我的给我吐出来……"

幽默男女笑话

　　小王对女友小红说:"亲爱的,你瞧这串项链,上面正好有二十二颗珍珠。"
　　"为什么是二十二颗呢?"
　　"和你的岁数一样呀!"
　　小红心中暗暗地责备自己:要是把真实年龄告诉他就好了!

　　女生:"我可不是那种目光短浅,在婚事上讲排场、比阔气的人。放心吧,我啥也不要!"
　　男生:"你是啥时候想通的?"
　　女生:"自打上次知道你家只有十万元钱的存款后,我就看开了!"

一位著名演员对朋友说:"我爱上了一个年轻的姑娘。现在我快六十五岁了,手头有五十万元积蓄,假如我对她说我只有五十岁,与她结婚的可能性是不是大一点?"

"我认为,如果你对她说你已经八十岁了,这种可能性会大得多!"

某青年是这样要女神手机号码的。

某青年:"你好,这是你点的外卖。"

女神:"我没有叫过外卖啊?"

某青年:"哦,请你告诉我一下你的手机号,我查一下是不是下错单了。"

男友抱着我说:"好想尝尝你唇膏的味道。"

我从包里拿出唇膏递给他:"你尝尝。"

小伟对小芬穷追不舍。

小芬不厌其烦,对小伟说:"你省省吧,就算世界上只剩你一个男人,我也不会看上你的。"

小伟回答说:"如果世界上只剩我一个男人,你以为我还会看上你吗?"

幽默的年轻人

姑娘:"我有好多次觉得你的个性跟我小时候一模一样。"
小伙儿:"是吗?多有缘分!我们连性格都这么像!"
姑娘:"小时候,我很喜欢撒谎。"
小伙儿:"……"

早上做梦梦到我和几个哥们儿被劫持,大伙儿正考虑怎么脱险的时候闹钟响了。

我起来正准备穿衣服,突然想到:如果我溜掉了,剩下的哥们儿会不会被杀掉啊?兄弟如手足,我可不能扔下兄弟们不管,于是又躺下接着睡了。

我暗恋她两年,终于在朋友的鼓励下写了一份充满爱意的情书,可是几次见到她都无法把紧握的情书从口袋里拿出来。浪费了几次机会后,情书已变得皱皱巴巴。

终于有一天,不知是哪儿来的勇气,我一见到她便把那封皱皱巴巴的情书塞进她手里,然后慌忙逃窜。

第二天,她打电话约我见面。昏暗的路灯下,她看着既兴奋又紧张的我问道:"昨天你塞给我一百块钱干吗?"

和朋友去花鸟市场买仓鼠,我对老板说:"老板我要买只仓鼠。"

老板说:"买两只吧,给它找个女朋友,也有一个伴儿。"

朋友急了,大骂:"老子都没女朋友,畜生要什么女朋友!"

哥们儿想介绍我相亲,问我喜欢什么样的女孩儿。

我说:"我也不清楚。"

他说:"想想你喜欢过的女孩儿有什么共同特征。"

我想了想说:"她们的共同特征是都不喜欢我!"

大力最近一直精神萎靡,朋友问他:"失恋了?"

大力:"没有,我坠入爱河了。"

朋友:"那你应该高兴啊?"

大力:"爱河太深,我不会游泳。她把我推下来自己跑了!"

小飞爱上了一个姑娘。一天，他拿出刻着姑娘名字的订婚戒指，对姑娘说："我想请求你做我的妻子。"

"我不知道如何对你讲。"她回答说，"我已经爱上了另外一个人。"

"请告诉我他叫什么名字？"小飞急切问道。

"不！不能！"姑娘喊道，"你会跟他拼命的！"

"不会的，我只想把这枚戒指卖给他。"

小军对他新交的女朋友说："假如你坚持不肯说出你的年龄，我只好对别人说和你是忘年交。"

昨晚老婆削苹果，削着削着突然尖叫一声，我想一定是被刀划到了，于是立马爱怜地让她过来。

老婆说没事，把血挤出来就好了，我心疼得哄了好半天。

当她把苹果切一半分我的时候，我说要看看她的手，她立马躲开："不给看，看了你就不心疼了。"

娇娇准备结婚，男方送来大笔礼金，她乐得不得了，可劲儿地帮着母亲数钱。娇娇弟弟看见了，不屑地说："真傻，被人卖了还帮人家数钱呢！"

"名著"也幽默

董卓得到貂蝉后对她有求必应。

有一次貂蝉回娘家,回来后董卓让李儒先去迎接,自己更衣随后赶到,却听见李儒对貂蝉说:"没有,已经有好久没有了,看样子最近也不会有。"

董卓听了大怒,赶紧上前对貂蝉说:"亲爱的,很快就会有了,我已经让吕布去拉回来了。"

接着董卓把李儒拉到一边,咬牙切齿地说:"貂蝉要什么,我就给什么,永远不要对她说我没有,应该说吕布已经去弄,很快就会有了,听到没?"

李儒吓得脸色苍白,连连点头。

董卓火气稍微平息了一些,问道:"对了,刚才貂蝉要什么呀?"

李儒回答:"她问我这里最近有没有下过雨。"

刘备在江东时被安排住在孙权宅邸旁边。刘备担心孙权害自己,再次搞起了韬光养晦,不过这次不是种菜,而是养鸡。

孙权看了觉得不错,于是也要周瑜给自己弄几只。周瑜弄了一箱小鸡给孙权,孙权开箱取鸡,不小心把箱子弄破了。

第二天孙权写信给周瑜说了这件事,并说:"我一路追进刘备的院子,可是只追回了十一只。"

周瑜回信道:"主上这次没有吃亏,因为箱子里只有六只。"

司马徽:"啊!"

刘备:"先生,怎么了?"

司马徽:"使君的坐骑好像是传说中的凶马'的卢',如不舍弃,将来必受其害。"

刘备:"谢谢先生提醒,不过我不迷信的。"

刘备走后——

林芝:"爹,人家要的小白马搞到了没有?"

司马徽:"不要急。"

赵云:"有人在家吗?请问有没有见到我家主公?"

司马徽:"哎?将军,你的坐骑好像是传说中的凶马'的卢'呀!"

刘备第一次去找诸葛亮:"小童,诸葛先生在否?"

"家师给人下葬看风水去了。"

"……"

刘备第二次去找诸葛亮："小童,诸葛先生在否?"

"家师去临村收烂账去了。"

"嗨,诸葛忙人啊!"刘备叹道。

刘备第三次去找诸葛亮："这位老弟可是诸葛先生?"

"亮不才。这位大耳兄可是刘皇叔?"

"正是在下!"刘备紧握住诸葛亮的手久久说不出话来。

"皇叔慢讲。"

刘备热泪盈眶,回头对关羽、张飞说道："兄弟们,我们终于可以不用三缺一了!"

曹洪："丞相你看!那个敌将又杀回来了!"

夏侯惇："今天这是第七次了吧?他不累呀?"

曹操："可恶!一定要把我的人马全部杀光才肯罢手么!"

在乱军中奋战的赵云："张飞,你让我殿后又不给我地图!长坂桥到底在哪啊!"

大乔对孙策说："瞧我妹妹他们两口子多恩爱,每次公瑾都要先吻我妹妹才出门,你就不能像他那样?"

孙策憋红了脸,半天才吞吞吐吐地说："可我和你妹妹不熟啊……"

刘备、关羽、张飞三人去看相,相士看了看刘备说:"嗯,你人白心也白。"看了看关羽说："你人红心也红。"轮到张飞,张飞说："我有事,先走了!"

襄樊会战,关羽不小心让曹仁射了一箭在手臂上,于是请来华佗为他刮骨疗伤。

因为箭上有毒,关羽十分忧虑地问华佗："大夫,这次手术的成功性有多大?"

华佗说："我已经做过99次同样的手术了。"

关羽道："那我就放心了,我相信您一定会成功的。"

华佗道："谢谢!谢谢!我想我也该成功一次了啊!"

"华佗先生,"关羽又忧心忡忡地问道,"等我好了以后,能够举起五百斤吗?"

"没问题!"华佗回答。

"哎,您真不愧是神医呀!"关羽兴高采烈地说,"我原来只能举起四百斤的!"

刘备在长坂坡失去两位夫人后感到十分孤单,虽然部下纷纷劝他续弦,但是他仍不为所动。

关羽奇怪地问刘备："大哥为什么不续弦啊?"

刘备回答："唉,一个巴掌拍不响啊,我一个人着急有什么用?"

后来刘备终于到江东娶了孙尚香,从东吴逃回来后,诸葛亮笑问刘备续弦滋味如何,刘备支吾不语,旁边的赵云抢道："每天都能听见巴掌声。"

邓芝出使东吴,中途想如厕,找到茅房后发现里面用的是抽水马桶,他怎么也打不开马桶盖儿,急得如热锅上的蚂蚁。

最后实在没有办法,邓芝只好拉在马桶盖儿上,随后他在墙上发现一个按钮,就按了一下,没想到盖子突然弹开,把便便弹到天花板上去了。

就在这时,魏国使者蒋干风风火火地闯了进来,抬头一看:"邓大人,这……"

邓芝十分尴尬,忙把蒋干拉到一旁,掏出一袋沉甸甸的银子,低声说:"我送您五十两银子,您能帮我把这里弄干净吗?"

蒋干也低声说:"我给您一百两,您告诉我您是怎么拉上去的吧。"

草船中。

鲁肃:"这样真的可以借到箭吗。孔明先生?"

诸葛亮:"请相信我。"

鲁肃:"可是我还是有些担心……"

诸葛亮:"没必要。"

鲁肃:"可是,你不觉得船里越来越热吗?"

诸葛亮:"这么说起来是有一点……有什么不对劲吗?"

鲁肃:"是啊,我担心敌人射的是火箭……"

诸葛亮:"哎!子敬——你会游泳吗——我不会——"

笑不够的居家生活趣事

♥

丈夫从托儿所把孩子领回家,妻子惊讶地说:"亲爱的,这不是我们的孩子呀!"

丈夫仔细看了看孩子,镇静地对妻子说:"的确不是。不过无所谓,反正星期一我们还要把孩子送回去。"

♥

大雪下了整整一夜,第二天一早,我准备带儿子到小区的广场上堆雪人。

出门前,儿子和我商量:"爸爸,你到了广场上站着别动,我往你身上铲雪,让我堆一个又高又大,还会跑、会眨眼睛的雪人好不好?"

♥

睡觉前爸爸对儿子说:"如果明天考试你考到班级前3名,爸爸奖励你一百元。"

儿子高兴坏了,爸爸又说:"好了,早点睡觉吧,养精蓄锐才能考好。"

儿子:"爸爸,我睡不着。"

爸爸:"为啥睡不着?"

儿子:"你说话算不算数?"

爸爸:"一诺千金,老爸说的话绝对算数!赶紧睡吧。"

儿子:"爸爸,我还是睡不着。"

爸爸:"又怎么了?"

儿子:"我在想这一百元应该怎么花!"

♥

儿子成绩一直不好。这天他数学只考了55分,我相当生气,拿起家法小木棒就想动手。

没想到股迷老公对于儿子的分数却相当满意:"咱儿子上次不是考了50分吗?这次一下就涨停了,难道不值得高兴吗?"

♥

晚上我想看书,于是从书柜中抽出薄薄的一本,一看原来是教做包子的。

一会儿,老公来到书房,问我在看什么书。

我把书的封面给老公看了一眼,他诧异地说:"书柜中那么多书,有孔子的,有孟子的,你却看包子。"

经典冻人的冷幽默

林黛玉、史湘云、薛宝钗、贾宝玉在怡红院聊天。

林黛玉:"宝哥哥,你常说女人是水做的,你倒说说,我们都是什么水呀。"

贾宝玉:"你自然是冰山雪水,晶莹剔透。"

林黛玉一笑。

史湘云急道:"宝哥哥,那是我什么水呀?"

贾宝玉道:"你是山溪泉水,明澈动人。"

史湘云也笑了。

薛宝钗忍不住了:"那我是什么水呢?"

贾宝玉看了看胖乎乎的宝钗,简洁地说了句:"肥水。"

史湘云拍掌大笑:"怪不得宝哥哥要娶宝姐姐呢,原来是肥水不流外人田呀!"

一次小布什到一所学校给孩子们讲他的政策,并请他们提出问题。

布朗站起来说:"总统先生,我有3个问题:为什么你得的选票少,竞选仍然获胜?为什么你攻打伊拉克师出无名?难道你不认为核轰炸长崎是有史以来最大的恐怖袭击么?"

还没等总统回答,下课铃就响了,孩子们离开了教室。10分钟后他们回到教室,布什请他们接着提问。

乔治站起来说:"总统先生,我有5个问题:为什么你得的选票少,竞选仍然获胜?为什么你攻打伊拉克师出无名?难道你不认为核轰炸长崎是有史以来最大的恐怖袭击么?为什么刚刚下课铃提前20分钟就响了?布朗在哪里?"

黑人给白人的一封信:
亲爱的白种人,有几件事你必须知道。
当我出生时,我是黑色的。
我长大了,我是黑色的。
我在阳光下,我是黑色的。
我寒冷时,我是黑色的。
我害怕时,我是黑色的。
我生病了,我是黑色的。
当我死时,我仍是黑色的。
而你——白种人,
当你出生时,你是粉红色的。

你长大了,你是白色的。
你在阳光下,你是红色的。
你寒冷时,你是青色的。
你害怕时,你是黄色的。
你生病时,你是绿色的。
当你死时,你是灰色的。
而你,却叫我"有色人种"?

一个交通警察在路口抓骑摩托没戴安全帽的人。

他看到一个老伯没戴安全帽,便把他拦下来,说:"老伯,您不知道现在骑摩托不戴安全帽要罚钱吗?"

老伯说:"俺为什么要戴安全帽?当年俺前线打仗,没戴钢盔也活得好好的,为什么现在骑个摩托,还要叫俺戴安全帽?"

那个警察反应很快,说:"炮弹没长眼睛,我长眼睛了啊!"

日本人习惯素食,患心肌梗塞的人数比英国人和美国人少;法国人脂肪摄入量高,患心肌梗塞的人数也比英国人和美国人少;意大利人喜欢开怀畅饮,患心肌梗塞的人数还是比英国人和美国人少。因此可以说,暴食和豪饮对身体无害,重要的是千万不要说英语!

在火车站台,有一个老太太提着一大包东西问工作人员:"请问去广州的火车开了吗?"

"10分钟前就已经开了,您来晚了。"

"哦，那下一趟车什么时候来啊？"

"下午才有呢。"

"那去其他地方的火车什么时候来啊？"

"最早也要1个小时以后了，您打算去哪里呀？"

"哦，没什么，我拿着东西走得慢，所以多问几句。我打算到站台对面去。"

"……"

小张："我可以肯定你的记忆力不行，连一分钟前的事情可能都记不清。"

小王："太夸张了吧？我虽然记忆力不是很强，但也不至于这么差吧！"

小张："你真的能记住一分钟前的事情？"

小王："肯定啊！"

小张："10乘10是多少？"

小王："100。"

小张："100乘100呢？"

小王："1万。"

小张："1万乘1万呢？"

小王："1亿。"

小张："那么请告诉我，我问你的第一个问题是什么？"

小王："10乘10是多少。"

小张："错了，是'你真的能记住　分钟前的事情'。"

小李有个非常漂亮的女朋友，而且非常搞笑。

有一天，小李和她一起骑摩托出去玩，出发时忘记加油和取钱。当他们到了加油站时，发现斜对面正好有个银行。

小李对女友说："你帮我加油，我去取钱。"

女友瞪了瞪眼睛，点点头说："好的，没问题！"

小李跑向银行，忽然发现银行门口停着一辆运钞车，两个护卫非常紧张地看着他，她的女友在后面扶着车对他喊："加油，加油啊！"

一片面包和一个荷包蛋在非洲的一条小路上拼命跑着，后面有一群拿着刀叉的饥饿村民在追。

忽然，面包和荷包蛋看见葡式蛋挞在路边悠哉地走着，于是好心地劝它："快跑！你不想活啦！"

"放心吧，他们根本不认识我。"葡式蛋挞气定神闲地说。

一位老先生搭了一辆非常拥挤的火车，好不容易发现一个空位，正要坐下去，座位旁的年轻人开口说道："对不起，这位子有人坐。"

老先生没办法，只好站在一边。

过了一会儿，走来了一个年轻漂亮的姑娘，问："这位子有人坐吗？"

年轻人说："没关系，请坐！"说完姑娘便坐了下去。

老先生十分火大地问："你刚不是说这位子有人坐吗？"

年轻人说："她是我妹妹。"

老先生更生气了:"我是她爹,怎么不记得有你这么个儿子呀!"

一天,母亲带着有深度近视的刚度完蜜月回来的女儿到眼科挂急诊,气急败坏地对医生说:"跟她回来的那个男人,根本不是先前跟她度蜜月的那个!"

一男子在商店里买完香烟,当场就点了一支抽起来。
售货员说:"先生,请把烟掐了,我们这里不让吸烟。"
男子说:"这烟是在你们这儿买的啊。"
售货员说:"那又怎么样?我们这儿还卖手纸呢。"

一女子打电话给她丈夫:"老公,我想买条项链。"
对方答:"好,买四条,一年四季换着戴!"
过了一会儿,她又打电话:"老公,我想换个新手机。"
对方答:"好,买12个,一个月换一个!"
再过一会儿,她再打电话:"老公,我想买汽车。"
对方答:"行,想买啥样的就买啥样的!"
女子说:"老公,你真好!拜拜!"
随后这个男人拿着手机说:"也不知道是谁的手机丢了?"

女房东:"您究竟什么时候付给我房钱?"

作家:"只要找到适当的题目,有了灵感,我就着手写书。当出版商把书的稿费送来,我就交房租!"

"厂长啊,我一个人事科长,往丁寡妇家多走了几趟,风言风语就来了。您说我这工作怎么才能展开呀?"
"老李啊,不要理会那些流言,人正不怕影子斜!"
"可我背有点儿驼啊!"

一日,客人在餐馆中发现菜里有一只苍蝇,笑道:"老板,看来这顿你请了。"老板连连赔笑。
过了几天,这位客人又来了。在菜吃得差不多时又发现一只苍蝇,不由皱起了眉头叫老板。
老板挠了挠后脑勺:"明明是五只,怎么只剩一只了?"

和朋友外出游山时被大雨困在了半山腰的寺庙里,幸亏方丈好心收留我们住宿。
知道朋友嘴贱,我特意提醒他:"你千万别在方丈面前提什么秃子、梳子之类的词!"
朋友冲我点点头,然后对方丈说:"方丈大师,您看我们都淋湿了,您这里有吹风机吗?"

到底是怎样的侠客创造了刀削面?这是历史留给我们整个民族的

谜题。

"刀削面"这简单冰冷的三个字中有武器,有招数,有死敌,蕴含了武林恩怨的所有基本要素,从容不迫的气度中有风雨不透的杀气与狠辣。

吃一碗刀削面,一碗千年不灭的刀削面,便如同吃一碗快意恩仇、侠骨柔情的江湖。

越王勾践闻吴国要建水军,便不顾反对前去攻打,结果大败被俘。

三年来他饱受屈辱,晚上睡觉不用褥,只铺些柴草,又在屋里挂了一只苦胆,不时尝尝苦胆的味道。

巡逻的兵见了,说:"这越王够贱啊,都这熊样了还不忘舔胆补身子。"

我和朋友走在路上。

她问:"你有没有一千块?"我说没有。

她又问:"那你有没有五百块?"我说没有。

她继续问:"那你有没有一百块?"

我说:"再问我我就把你的嘴缝上!"

她捂着嘴说:"那你有没有一块钱借给我坐公交车?"

一名警察在巡逻,突然发现一辆轿车中有一位男士一手握着方向盘,一手搂着自己的女朋友,于是向那位男士大喊:"喂!要用两只手!"

男士露出诧异的表情问道："那谁来开车呀？"

小林在车站等公交车，看到一个姑娘一直盯着他笑。小林觉得自己长得挺帅，吸引了姑娘的眼球，于是就原地踱了几圈，这么一来，对面那个姑娘笑得越发灿烂了。小林见了更加起劲地在原地踱起步来，一旁的大妈对他说："小伙子，别在狗屎上踩来踩去了好吗？"

有个人来到咖啡店："请问有冷冻咖啡吗？"服务员答："没有。"第二天这个人又来到这里问有没有冷冻咖啡，服务员还是说没有。等那人走后，服务员就准备了一些冷冻咖啡。第三天这个人又来到这里："请问有冷冻的咖啡吗？""有！"服务员热情地答道。"哦，麻烦您给加热一下。"

生活趣语，开心杂侃

🐾 女朋友想和我分手，说我有妄想症，不过没关系，反正她也是我想象出来的。

🐾 吃不到葡萄的说葡萄酸，吃到葡萄的怕别人来抢，也说葡萄酸。

🐾 不倒翁虽然不会摔倒，但也不会前进一步。

🐾 人身安全须知：第一，提防好脾气的人发火；第二，别和没什么东西可失去的人竞争。

🐺
最潇洒的是口袋里没钱，心里也没钱的人；最痛苦的是口袋里没钱，心里却有钱的人；最烦恼的是口袋里有钱，心里也有钱的人；最幸福的是口袋里有钱，心里却没钱的人。

🐺
瘦子永远体会不了站在秤上的胖子的忧伤，胖子永远理解不了轻易被推倒时瘦子的凄凉。因此，我们要学会体谅。

🐺
女人最爱的四种动物：扇贝→珍珠；熊→皮草；鳄鱼→包包；蠢驴→为前三种买单。

🐺
人有三样东西是不该挥霍的：身体、金钱和爱。你想挥霍，却得不偿失。

人有三样东西是无法挽留的：生命、时间和爱。你想挽留，却渐行渐远。

人有三样东西是不该回忆的：灾难、死亡和爱。你想回忆，却苦不堪言。

🐺
跪着，虽然不会跌倒，但会被践踏。

🐺
房子可以买，家不可以买；婚姻可以买，爱不可以买；钟表可以买，时间不可以买；关心可以买，爱心不可以买；奢华可以买，优雅不可以买。

现在的我们：上不去的是成绩，下不去的是体重，拿得起放不下的是筷子，钻进去出不来的是被窝。

山没有性别，所以山与山始终保持距离；水都是情种，所以水与水一遇即合。

人往往看不清离自己最近的东西，比如眼睫毛。

向上爬时，对遇到的人好点儿，因为掉下来时，你还会再遇到他们。

猜忌是一把剪子，会把我们一点点剪开；谅解是一根细针，会把我们一点点缝上。

很多话还是不要讲出来得好，只有放在心里才安全点。

在化妆上花的时间有多少,就表示你要掩饰的缺点有多少。

难堪是做人太要脸的副作用。

说出去的话,泼出去的水,虽然收不回来,但是干了就好了。

爆强雷语，犀利调皮

寒冬有觉尽情睡，莫使枕头空对被！

一直想不明白，如果割腕能死人，那断臂的怎么能活。

我对男人的要求是：花心不行，花心思可以。

一天瘦两三斤有什么不了起，不过是饭前便后而已。

今天迟到是因为早上出地铁站的时候自动扶梯发生故障，我被困在上面一个多小时。

知道你和一盘狗屎的唯一区别是什么吗？你没有盘子。

别跟我说一个巴掌拍不响，要不要我赏你个耳光告诉你一个巴掌是怎么响的。

女生雷语：1. 本姑娘S号的心装不下XXXL号的你了；2. 甜言蜜语听多了我怕得糖尿病。

一女生在食堂打了份回锅肉，虽然都是肥肥的肉片，但是她吃得很香。旁边一男生看了她一眼，心想：吃那么肥还长这么瘦，真是对不起那死去的猪！

小老鼠告诉妈妈自己生病了，老鼠妈妈说："待会儿我去拿包老鼠药来。"

让都市人头疼的十件事：1. 有工作，没生活；2. 有爱人，没爱情；3. 有微博，没粉丝；4. 有住所，没住房；5. 有存折，没存款；6. 有名片，没名气；7. 有加班，没加薪；8. 有职业，没事业；9. 有娱乐，没快乐；10. 有朋友，没挚友。

一个青年，二十来岁，算算奔三，四顾茫然，也曾表白五六个，收七八张卡，始终追不着九零后，十分伤心。

爷爷娶奶奶的时候用了"半斗米"；爸爸娶妈妈的时候用了"半头猪"；我结婚的时候用了"半条命"。

我的理想是"读万卷书行万里路"，结果我现在在送快递。

今年艺术学院的一个面试题是：半瓶酒，不能打开瓶塞，不能钻孔，你怎么喝？
一个同学答："问刘谦。"结果被录取了……

在家看世界杯时，我大喊道："我喜欢托蒂！"妈妈在旁边听见了说："哼，说得好听，我怎么没见你拖！"

看到前女友在QQ个性签名上写"我们一年了"，我们分手还不到 年，她和那个人就 年了。

没人牵我的手,我就揣兜里。

两耳不闻窗外事,一心只看肥皂剧。

把你栽到花盆里让你也知道知道什么是植物人!

你情敌和曾经背叛你的人同时掉入河中,并且他们不会游泳,你是选择蹦迪还是去KTV?

歪解成语

六神无主：这瓶六神花露水是谁的？

虎视眈眈：老虎不群居，它们是单独觅食的动物。

风马牛不相及：牛得了疯牛病后狂奔起来连马都追不上。

鸡毛蒜皮：卖鸡时，将鸡毛和鸡皮的重量也算上，用来形容奸商。

日理万机：养鸡专业户每天要管理上万只鸡。

油嘴滑舌：蛇吃饱后，身体滑溜溜的，嘴上油光光的。

杯弓蛇影：背着弓箭的人的影子很像一条蛇。

亡羊补牢：有个叫王阳的人，很擅长捕捞技术。

扬眉吐气：羊遇到了倒霉事儿，兔子也跟着一起生气，因为它们是总在一起吃草的好朋友。

装聋作哑：假装自己属龙，就可以装作文雅人了。

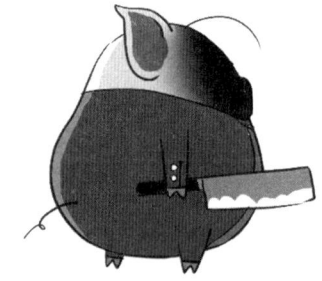

居家生活中的夫妻趣事

♥

一小伙子新婚,请教情感专家如何才能拴住老婆的心。

情感专家:"用时装绑住她,用高跟鞋绊住她,用金银手链缠住她,用钻石项链套住她,她就离不开你了。"

♥

老公是个标准球迷,一有球赛就把我晾在一边,自己在电视机前大呼小叫。

这天他又在看球赛,我生气地关掉电视,严肃地问他:"你到底更爱我还是更爱球赛?"

他扶了扶眼镜,思索了一下,同样严肃地回答:"那得看是中超还是英超。"

♥

陪妻子到农贸市场买鸡,我左挑右选后看中一只芦花公鸡,妻子却要了另一只秃头少毛的公鸡。

回家的路上,我问妻子:"都是同样的价格,你为什么不买那只羽毛漂亮的芦花公鸡,偏偏选中这只秃头少毛的丑公鸡?"

妻子白了我一眼,说:"羽毛再漂亮能有什么用?毛重的哪有净重的肉多!"

♥

丈夫:"研究表明,女人每天说的话要比男人多一倍。"
妻子:"那是因为我们女人重复很多遍你们男人才听得进去。"
丈夫:"啥?"

♥

一对夫妻上街,妻子的裙子突然被大风吹起来,她惊慌地按着裙子大喊:"天啊!春光外泄!"

丈夫白了她一眼说:"拜托!这是家丑外扬吧!"

♥

一位教授沿着乡间小路散步,看见一位农夫正在自家房前独自吃饭。

他走到农夫面前问道:"你为什么一个人在这里吃饭啊?"
农夫过了片刻回答说:"我家烟囱有点倒烟。"
"真糟糕,"教授说,"让我看看,修理一下不会很困难。"
还没等农夫开口,教授就推开了农夫家的门,一把扫帚突然落在他肩上,一个女人的喊声随之传来:"滚,你这个老不死的,不然我就杀了你……"

教授赶快退出来,走回到农夫跟前,抚着他的肩头说:"没关系,不要生气,我家的烟囱有时也倒烟。"

♥

丈夫问妻子:"我长得不怎么样,可你为什么经常说我酷毙了?"

妻子:"我用的是简称,全称是'长相太残酷了应该拉出去毙了'!"

♥

老赵和老婆吵架,他老婆恶狠狠地骂道:"没本事的家伙,除了骂老婆,什么都不会!咱们离婚,我随便再嫁一个,都比你这窝囊废好!"

老赵一听蔫了下来,对老婆说道:"我脾气是不好,收入也少,以后我不和你吵架了,认真做生意挣大钱,你就再给我十年机会吧!如果我改不了这臭脾气,发不了财,你不和我离婚,我也主动走了。"

他老婆一听,露出了得意的神色:"看你那窝囊样儿,姑奶奶就再给你一点儿时间,以后再敢和我吵架,我立马改嫁!"

老赵一言不发,转头擦地板,趁老婆不注意低声嘀咕道:"十年后我们都过四十岁了,男人四十一枝花,女人四十豆腐渣,我看你那时能怎么牛!哼哼,君子报仇十年不晚!"

♥

"老公,街上要是有人叫我美女跟我搭讪怎么办?"

"那还用问？赶紧把盲人扶过马路。"

♥

丈夫买了3斤肉，妻子做好后一人全吃了，并骗丈夫肉让猫吃光了。

丈夫取秤称猫，正好3斤重，便问道："如果这3斤是肉，那猫到哪儿去了？如果这3斤是猫，那肉又到哪儿去了？"

♥

妻子："我们真的要在这里吃饭吗？这家餐厅的价格贵得吓人。"

丈夫："有多贵？"

妻子："贵到你连没喝完的水都想打包带回家。"

♥

陪老公一起出差，机场检查员要他打开他带的密码箱检查。

老公窘迫地想了很久密码，终于想起来了。

"你为什么那么紧张呢？"我问他。

"因为密码是我们的结婚纪念日。"

♥

和老公看电视的时候，我拿家里锤背的卡通锤当话筒，伸到老公嘴边："这位帅哥，请你谈一下对这个事件的看法。请你谈一下，谈一下嘛，老公你就谈一下嘛……"

老公很淡定地伸出手，弹了一下"话筒"，深沉地说："好了，弹一下了。"

♥

妻子突然问丈夫:"你爱我吗?"

"爱,当然爱!"丈夫毫不犹豫地回答。

妻子想了想又问:"你是不是怕伤害我才说的?"

丈夫连忙说:"不,不,我是怕你伤害我我才说的。"

♥

爱唠叨的妻子发现丈夫目不转睛地盯着她看,于是问:"你干吗老这样看着我?"

丈夫回答:"我发现你不说话的时候最好看。"

♥

妻子向丈夫夸耀自己说:"看我多会过日子,衣服几个月洗一次,节省多少肥皂!"

丈夫也夸耀自己说:"我香烟一支接着一支吸,节省多少火柴呀!"

♥

"你看我这妆化得年轻吗?"妻子问。

"年轻!年轻!"丈夫恭维道,"起码年轻十岁!"

妻子撅着嘴说:"才年轻十岁?我还得再化化,我要年轻十五岁!"

"行啦!我的姑奶奶!"丈夫提醒道,"再年轻十五岁,影院就不让进了!"

"为什么?"

"今晚的电影儿童不宜!"

80后搞笑的小时候

小时候在外面疯玩儿到天黑才想起回家吃饭。到家后，妈妈和哥哥姐姐都已经吃过晚饭。昏暗的灯光下，我冲到饭桌前，指着碗里黑乎乎的东西问他们是什么，哥哥姐姐忙说是牛肉。我饿得连筷子也顾不上拿，随手拿起一块儿就准备放进嘴里。他们突然哈哈大笑，姐姐说："那是我吃剩的红薯皮。"

小时候我养了一只可爱的小松鼠，总爱在圈里跑。突然有一天，它不跑了，我很伤心，就把它埋到旁边的山上。后来上了小学，教自然课的老师说，松鼠是会冬眠的动物。

小时候常担心人死后埋在地下太难受,因为我曾试着憋气,觉得太难受了,更不要说在地下待那么长的时间!所以,那时还是一个小学生的我,就在同学中间主张火葬。

小孙子想要从井里提桶水,可怎么也提不动。站在边上的奶奶帮他把水提上来后,对他说:"再吃几年饭,你就可以了。"回到家里,奶奶往针眼里穿线,由于老花眼,试了多次也没穿进去。孙子见到后,帮她穿了进去,然后小孙子对奶奶说:"再吃几年饭,你就可以了。"

爸爸专门为儿子制定了作息时间表:早上七点十分起床,吃早饭,上学;中午吃饭,午休,下午一点上学;傍晚吃饭,做作业,晚上八点半睡觉。儿子看了作息时间表后生气地说:"你不是我亲爸爸,要不,怎么会一整天不让我上厕所?"

搞笑讽刺小笑话

一位戏剧评论家对导演说:"先生,您的戏太嘈杂了,枪声太多。"

"是的,可它是一部军事题材的戏剧。"

"那当然。可是枪声会把观众吵醒。"

一位禅师在旅途中遇到一个连续几天都用各种语言谩骂他的人。

最后,禅师转身问那人:"若有人送你一份礼物,但你拒绝接受,那么这份礼物属于谁呢?"

那人回答:"属于原本送礼那个人。"

禅师笑着说:"没错,若我不接受你的谩骂,那你就是在骂你自己。"

一个人带着他的狗在街上散步。这个人一直向前走，而他的狗总是一会儿跑到前面，一会儿折返回主人身边。最后他们到达了同一个目的地，主人慢悠悠地走了一公里，狗却跑了四公里。这个人就是经济，而狗就是股市。

乔布斯家的装修非常漂亮，但是有一个小问题：当你上厕所时，正在蒸饭的电饭锅必须停下来。如果你想早点吃饭，那只能先忍着不上厕所。他最近终于忍不住改进了装修，但是还是有很多门打不开，不过设计师给了乔布斯补偿：每扇打不开的门都送一个门把套。

比尔·盖茨发现他新家的设计师跟他开了几个玩笑：

1. 按门铃后，大门需要两分钟才能启动。
2. 不能兼容旧家的灯泡，需要买新灯泡。
3. 电灯开关需要按两次。
4. 一次只能打开一扇窗子。
5. 每晚睡前需要选择"休眠"、"睡眠"和"待机"。
6. 冲马桶时，马桶会问"你确定要冲马桶吗"。

天堂新来了两个人，一个只穿了内衣，另一个是骷髅。

上帝好奇，亲自接待他们两个，问只穿内衣的："你怎么裸着呢?"

这位说:"我是赌徒,输得只剩内衣了。"

上帝又问骷髅:"你怎么比他还惨呢?"

骷髅答:"上帝啊,我是股民,肉都割完了!"

乾隆问刘墉:"国库里的银子都到哪里去了?"

刘墉答:"掉河里了。"

乾隆又问:"怎么不捞呢?"

刘墉答:"河深(和珅)啊!"

部落首领举办了盛大的筵席欢迎国王来巡视。

席上,国王问:"如果狼来了,你们怎么办呢?"

首领说:"我们欢迎它,陛下!因为一头狼来一次只要一只羊,而且不用我们接待它;一个国王来一次要用30只肥羊,而且接待起来非常麻烦!"

一家医院正在招聘皮肤病医生,院长问应聘者:"你为什么选中了皮肤病专业?"

应聘者:"因为皮肤病病人永远不会在半夜吵醒我,一般也不会死于这种疾病,而且很少能够康复。"

囚对佃说：你这人真怪，天天待在四居室外边儿，咋不进去住呢？

佃说囚说：你看看这套房，连门窗都没有，能进去住吗？你倒是能进自己的房里住，可我咋没见你出来过呢？

且对皿说：瞧，我早就住上三层小楼了，你怎么还住在平房呢？

皿对且说：谁说我住的是平房？只不过我的三层小楼是横着盖的。

里对冒说：你这楼盖得真绝，上面两层和下面三层竟然不用接上，你用啥招数盖的呀？

冒对里说：你有所不知，我采用的是当今最先进的磁悬浮技术。

曰对曲说：你楼顶上竖着两根金属棒干吗？是不是想加盖一层？当心被罚。

曲对曰说：你啥眼神啊？看清楚了，那是避雷针！

凸对凹说：你盖的是什么房？样子怪怪的。

凹对凸说：都怪盖房时请的包工队没文化，把图纸给看反了，凑合着住吧。

苜对目说：你瞧，我在楼顶种草，既美化了楼顶环境，夏季还能起到隔热作用，更重要的是楼也好卖了，真是一举三得。

目对苜说：现在都有空调了，哪儿有必要再种草。

妯对轴说：你知道为什么我女朋友跟我天天形影不离吗？因为我有了这套房。

轴对妯说：有啥可牛的，我现在要房要车都有，不愁找不到女朋友。

合对盒说：咱两家之前都是大小一样的平房，半年不见你家怎么突然变成了二层楼？快告诉我平房下面的那三间房你是怎么盖的！

盒对合说：其实也没什么，我就是花钱请人把平房下面的地下室提升到地面罢了。

丑对申说：你那二层楼建在半空中，就用一根柱子撑着，能结实吗？

申对丑说：当然结实了，这根柱子已经撑了几十年了，没出现质量问题，哪儿像你那楼才两年就成楼歪歪了。

搞笑In语签名档

长得那么美那么帅气,自己却不知道,这就是气质;那么有钱那么有才华,别人却不知道,这就是修养。

老板总是要求员工要有思想,可员工一旦有了思想,老板却说:"好好干活,不要胡思乱想!"

受人滴水之恩,最次也得以啤酒相报。

女人选男人就像用筛子,筛到最后精华都被筛走了,只剩下糟粕,因为糟粕一般都脸皮厚。

什么时候结婚最好?年纪轻还不到的时候,年纪大却过了的时候。

希望和失望都折磨人,但希望折磨人的时间更长。

心里放不过自己是没有智慧,心里放不过别人是缺乏慈悲。

你倒挺有"个性"——"个不高,性格还那么不好"。

北方女生与南方女生分别代表了豪放派与婉约派。比如说"你错了",北方女生会说"你胡说",而南方女生则会说"你乱讲"。

开车上路一定要眼观六路耳听八方,这样你会发现很多美女!

昨天有个商场搞活动,我听说有周笔畅的歌,就去了。到了那儿我才知道有个人叫周比。

做了你的女朋友,想看星星不用往天上看,直接看你的脸就行。

人总是在年轻的时候相信许多假东西,年纪大了又开始怀疑许多真东西。

生活就像骑自行车,只有不断前进,才能保持平衡。

温柔要有,但不是妥协。我们要在安静中,不慌不忙地刚强。

有没有人像我一样,明明很心疼妈妈,却总是跟她吵架。

有一种默契叫做:我不理你,你就不理我。

网购时候的幽默对话

♥

买家：掌柜的在吗？
卖家：在的，亲。
买家：可以推荐下适合我用的护肤品吗？
卖家：好的，请问您是什么皮肤类型呀？
买家：我是混合偏干的泼妇（皮肤）。
卖家：汗。

♥

买家：掌柜的，能不能帮我挑一部最好的手机？
卖家：好的，我把几百部手机组织起来，让它们先海选后PK。

♥

买家：我在你店里买了东西，能快点改嫁（改价）么？

卖家：别做梦了！你先问问我老公。

♥

买家：掌柜的，是欧版的质量好，还是行货质量好？
卖家：欧版的吧！
买家：为什么？
卖家：因为我只见过行货有维修中心。

♥

买家：掌柜的，我同学说在你们这里买的手机，即使从4楼掉下来摔坏了也可以换，是吗？
卖家：你们应该多关心一下这位同学，不要让他一个人待着，多陪他说说话，参加一些集体活动。如果还不见有什么好转的话，可以送到医院观察一下。

♥

买家：掌柜的，相片上的人是你吗？还真帅！
卖家：不好意思，本店不还价的！

搞笑的上市企业问答

北方经济环境与南方经济环境的区别与联系是什么?

答:区别太大,联系不上。

企业上市有何利与弊?

答:利:空手套白狼;弊:狼多肉少时,自相残杀。

假如你是领导,你怎样对待品高才低的人和品低才高的人?

答:前者先骂后打再开除;后者先打后骂再开除。

企业的财务与会计有什么区别?

答：一个数钱，另一个盯着。

如果你是总经理，你认为有能力的员工与有业绩的员工哪个更重要？

答：谁跟我要钱少谁就更重要。

什么叫物流、商流？

答：比中介所大点。

你如何看待企业"借鸡生蛋"的负债经营模式？

答：生蛋不是关键，能不能借来鸡却是一门学问。

企业老总的小幽默

办公室里,乔布斯狂砸桌子:"这屏亮度不够!给我用最好的材料,把亮度再提升10%!"

工程师:"那只能用最高级的屏了,屏幕成本要从20美元增加到30美元了。"

乔布斯:"OK,就它了!给你们3个月,让它的厚度从9.8毫米再降下0.5毫米!"

半年后,中关村柜台上。

"老板,贴个50块的膜(亮度降低20%),再来个壳(厚了3毫米)。"

老板最近迷上了书法,没事的时候就提笔写上几幅,简单装裱后挂在办公室的一面墙上。

上周公司接了一宗英国业务,业务谈完后,老板让充当翻译的我问问英国人对他书法的评价。在得到对方夸奖后,老板一高兴,大方地说:"您从墙上挑一幅拿走,算是我的见面礼吧!"

英国客人挑了很久,终于在某一幅面前站定,一边竖着大拇指一边用生硬的汉语说:"这幅最好,我要了!"

老板的脸立刻红了。我忙走上去解释:"对不起,这幅不能给您,这不是书法,是打印出来的《公司员工守则》。"

马云妙喻职业经理人和创业者:

上山打野猪,一枪打出去,野猪没死,冲了过来。

把枪一扔往山上跑的,是职业经理人。

子弹打完了,把枪一扔,从腰上拔出柴刀和野猪拼命的,是创业者。

巴曙松:

付出一点就想马上有回报的人只适合做钟点工;

如果能耐心按月得到回报,则适合做工薪族;

耐心按年领取回报的是职业经理人;

能耐心等待3~5年的是投资家;

能耐心等待10~20年的是企业家;

能等待50~100年的是教育家;

能等待300年的回报,那就是伟人;

能等待3000年才见到效果的,那就是老子这些人了。

风趣段子里的雷人爆笑事儿

两个警察来到案发现场,其中一个说:"他的死法有些蹊跷。"
另一个问:"怎么蹊跷?"
"不知道,狄仁杰老这么说。"

有个人叫真啰嗦,娶了个老婆叫要你管,生了个儿子叫麻烦。
有一天麻烦不见了,夫妻俩就去报案。
警察问爸爸:"请问这位男士你叫什么名字?"爸爸说:"真啰嗦。"
警察又问妈妈叫什么名字。妈妈说:"要你管。"
警察非常生气地说:"你们要干什么?"夫妻俩说:"找麻烦。"

今天开车的时候,测速电子眼闪了我一下。我想我绝对没有超速,于是回去以更慢的速度经过那个电子眼,它又闪了。我很疑惑,就又试了一次,它果然又闪了。我觉得很好玩,就以龟速又通过了它。后来我因为没系安全带收到了4张罚单。

甲向乙抱怨说:"世界上没有比我的邻居更吝啬的人了!锤子都舍不得借给我用,好像一用就会坏掉。"乙说:"后来你怎么办呢?"甲:"没办法,我只好拿出自己的锤子来用了!"

一位美女去菜市场买一公斤猪腿肉,因为猪腿肉不够,所以老板从猪脸上割下一小块补了进去。美女见状不答应了,大声地说:"我不要脸!"

某家有一女,同时有两家人前来求亲。

东家郎样子很丑,但家里很富有;西家郎样子很美,但却很贫穷。

父母问女儿愿嫁哪一家,她说:"我还拿不定主意。最好是在东家吃,在西家住。"

家庭生活搞笑冷幽默

奶奶被爱哭的小女孩儿吵得不耐烦，便哄她说："乖孩子，别哭了，女孩子经常哭脸会变丑的。"

这么一说，小女孩儿果然不哭了。她对着奶奶看了很久后问道："奶奶，你是不是经常哭啊？"

今天我给老妈打电话："妈，我和她不做男女朋友了……"

我话还没说完，老妈就在电话那头说："我终于松了一口气，一直没敢跟你说她长得真难看。"我本来是想说我们准备结婚了。

约翰："今天下午您用割草机吗？"

乔治："是的。"

约翰:"把您的网球拍借我用一下吧!"

有个亿万富翁被告知得了绝症,只剩下半年时间。他伤心之余找了个杀手,让杀手在自己最开心的时候把自己杀掉。几天后,他接到误诊通知,正笑得开心,被杀手杀了。

早上起床,我问老婆:"我的袜子怎么一只也找不到了?"
老婆提着几只袜子道:"我怎么找到的全是一只的呢?"

小明在冬天的晚上睡觉还出汗,妈妈担心地说:"小明好像有点缺钙。"
爸爸说:"那晚上再加个被子。"

下雪了,我穿着羽绒服、打底裤、雪地靴出门,妈妈责怪我说:"下身穿得太少,快去加条裤子。"
我说:"我上身穿得多,不会冷。"
妈妈一听生气了:"下身不比上身禁冻,多穿点儿才对。冷的时候大家都是跺脚,你见过捶胸的吗?"

爆笑段子里的人生百味

迟早会有这么一个人，高高兴兴买了车，却一直找不到停车位，兜啊兜，兜到了车报废。

谁的初恋不干净？我的初恋已经忘得干干净净了。

公司一台电脑开不开机，几个大神拆开主机捣鼓半天都修不好。我手里端着杯刚冲好的板蓝根路过，旁边人一挤我，药正好浇到机箱里，赶紧擦干，扇风。此时奇迹出现了，屏幕亮了，电脑康复了，祖国医药真神奇！

♥

讲话的"讲"字告诉我们讲话是个技术活,讲不好就要掉到井里。

经验告诉我们,遇到女人讲假话,遇到朋友讲谦虚话,遇到对手少讲话,一般不会掉井里。

♥

这年头,能在宿舍或者公司楼下默默等着你,给你送上温热的早饭、午饭、晚饭,不管严寒酷暑还是刮风下雨总会很耐心的男人——只会是送外卖的。

♥

"不看僧面看佛面"凭的是交情,"看人下菜碟儿"讲的是认可,"打肿脸充胖子"看重的是信用,"死要面子活受罪"要的是自尊。

♥

兄妹两个人聊天。

哥:"如果人生可以刷新、复制、粘贴就好了!"

妹:"你就不害怕蓝屏、死机、非法操作啊。"

搞笑雷人的年轻人

王总的公司在招聘,他在众多简历里挑了又挑,最后选中一个女生,打电话让她来参加面试。

王总本以为女生会很兴奋,没想到她冷冷地问道:"公司在什么位置呀?"

王总说了地址后,女生又问:"这么远,怎么去呀?"

王总有点不耐烦了,就说:"坐公交、打车都行。"

没想到那女生回了一句:"太远了,要不你开车来接我吧!"

下班去吃饭,看到一家饭馆叫"明月三千里",旁边还有英文缩写"MYSQL"。

美国的首都是哪个城市？80%的人都会答错哦。

回答：纽约。

——我是来帮忙凑足那80%的。

高三时有一次在宿舍里斗地主，突然教导主任查寝，被发现，于是被带到办公室里严加审问："给我个理由，我可以考虑不给你们记过。""主任，是我们不对，我们没把精力放在学习上，想用这种妖术来推测今年高考的运势如何……"

有一学生成绩很差。考试前，妈妈就带他到孔庙去求孔夫子保佑。几天过后，成绩发下来了，其他成绩还行，唯有英语不及格。妈妈若有所悟地说："这也难怪，孔夫子不懂英语，下次我再去求求上帝就好了。"

我们的数学老师很是怜香惜玉。有次上课，一男生迟到了，老师就让他做一百个俯卧撑，过了一会儿，一女生也迟到了，但是老师却说："刚罚他做一百个俯卧撑，你去数着去。"全班顿时凌乱。

生活里雷人的小段子

"早点儿睡吧,明天还得上班呢。"

"不行啊,我必须加倍努力工作,要不房价这么高,怕是入土之前也买不上一套房子了。"

"可你再这么废寝忘食地干下去,恐怕要提前入土了。"

问:"程序员最讨厌康熙的哪个儿子?"

答:"胤禩。因为他是八阿哥(bug)"

三八节不要随便祝别人节日快乐。早上我发短信给一堆女性朋友,现在得到以下回复:

1. 滚。

2. 你发错短信了。

3. 死一边儿去。

4. 你肯定是昨天发的，短信延迟了。

5. 我才十五。

6. 你才妇女，你们全家都妇女！

尼克来华赴任。吃饭时，一人说去方便一下，他不解，被旁人告知就是如厕的意思。

敬酒时，另一人说希望下次出国能给予方便，尼克很是纳闷，但又不敢问。

突然一电视台美女主持说，希望在她方便的时候安排尼克做专访。

尼克惊问："怎么能在你方便的时候？"

美女主持笑着说："那在你方便时也可以。"

尼克当即晕倒。

损人语录：真棒呀你！你在数字和字母里的排名都是第二名！

坊间传言东风汽车的员工非常不喜欢周杰伦。这也难怪人家，周董你没事儿老唱什么《东风破》啊，这不要命嘛！

地理考试中有道题，要求简略描述下阿拉伯、新加坡、好望角、罗马、名古屋、澳门、西班牙。

有位同学写道：从前有位老公公，大家叫他阿拉伯，有一天他去爬山，当他爬到新加坡的时候，突然看见一只头上长着好望角的罗马直冲过来，吓得他拔腿跑进名古屋，赶紧关上澳门，结果碰掉了一颗西班牙。

小东刚考取驾照，开车在路上兜风，碰见一个交警招手，结果车跑出好远才停下来。

交警问："你没看见我让你停车吗？"

小东："可我得一个挡一个挡减下来啊。"

一位男士和他的妻子走进一家牙科医院。

妻子对医生说："我想要拔一颗牙，但因为我太忙了，所以不需要麻醉剂，只是请尽快将它拔出。"

牙医甚是惊奇，赞叹道："您真是一位勇敢的女士，现在请告诉我您要拔哪颗牙？"

妻子把身体转向丈夫："亲爱的，张开嘴，告诉他你要拔哪颗牙！"

鬼机灵的孩子笑死人

女儿在三八节早上跑过来对我说:"爸爸,节日快乐!"

我大惊:"小丫头,搞什么鬼?"

女儿淡定地说:"今天不是我俩过节吗?父女节呀!"

小明放学回家后神气十足地对妈妈说:"妈妈,在我们班上,我的力气最大了!"

妈妈问:"你怎么知道?"

小明:"老师说,我一个人拖了全班的后腿!"

小力跟妈妈坐公交车,看到车上有人带着几只可爱的小猫咪,开口说:"叔叔,能给我一只小猫咪吗?"

男人笑呵呵地说:"不行,猫咪还太小,还要吃它妈妈的奶呢。"

小力:"没事儿,我妈妈有奶!是吧妈妈?"

爸爸教五岁的飞飞背英语单词,但飞飞年纪还小,一直背错。

于是爸爸要他多吃鱼,并一再说:"吃鱼能让人变聪明,你只要多吃点儿鱼,就能多背几个单词。"飞飞听了以后天天缠着爸爸要吃鱼。

过了几天,爸爸抽查飞飞背单词,可他还是支支吾吾背不出来。爸爸无奈地说:"你怎么吃了鱼还是背不出来呢?"

飞飞想了想说:"因为我吃的都是中国的鱼啊,它们又不会说英语!"

我问小侄女:"苹果用英语怎么说?"

她快速地回答:"Apple。"

"那香蕉呢?"

"Banana。"

"嗯,不错,那小鸭子呢?"

小侄女犹豫了一下,接着答:"嘎,嘎。"

今天我看见外甥光看屁股在厨房门口哭,于是我抱他坐我腿上玩了一会儿,问为什么哭。

他说:"刚便便了没人擦。"

为了给女儿增加营养，我用烤箱做了烤鸡翅。

女儿回来后，我取出鸡翅，发现色泽有些不对，火候没到，自言自语道："唉，这次没烤好。"

女儿在旁边小声对我说："妈妈，没关系，我这次也没考好。"

儿子从早上到中午一直在看动画片，看得俩眼皮直打架。

我对他说："瞧你困的，赶紧去睡会儿。"

儿子说："我不困，再看会儿。"说完就打了个哈欠。

于是他赶紧解释："妈妈，我真的不困，这只是个意外。"

孙子和爷爷玩游戏。

孙子："我是警察！"

爷爷："我是警察的爷爷！"

孙子惊讶地问："警察也有爷爷？"

爷爷："那当然，警察怎么能没爷爷呢！"

孙子接着拿起图画书念道："我是一只可爱的小猪！"

爷爷："……"

张老师："昨天你们班上有一个学生手很脏，被你从课堂轰回家去了，这个办法有用吗？"

孙老师:"呵呵!今天有一半孩子都没洗手。"

妈妈带生病的小莉去医院,小莉问:"妈妈,发药的阿姨为什么戴口罩?"
妈妈:"给你的药很好吃,院长怕她们偷吃了。"
小莉:"那给那些拿刀的叔叔戴口罩是怕他们聚餐吧?"

小君:"妈妈,我什么时候过生日?"
妈妈:"6月15日。"
小君:"那你呢?"
妈妈:"6月10日。"
小君:"你只用了5天就把我生下来啦?"

华华:"爸爸,你的记性也太不好了吧!"
爸爸:"怎么了?"
华华:"奶奶说你娶了媳妇忘了娘。"

在一个电闪雷鸣、暴雨倾盆的夏夜,妈妈哄小明上床睡觉。就在她准备关灯离开的时候,小明颤抖着声音说:"妈妈,今天晚上你能陪我睡觉吗?"
妈妈微笑着拥抱了一下小明,回答说:"不行,宝贝儿,妈妈要去爸爸的房间里睡觉。"

小明不吭声了，过了一会儿，小声地嘟囔道："那个大胆小鬼！"

爸爸带着儿子去植物园，武侠迷的儿子对一种浑身长满刺的掌状植物很感兴趣，便问爸爸是什么。爸爸回答是仙人掌。儿子围着仙人掌转了半天，又问："仙人掌属于哪个门派？"

父亲教小强识字，当教到"天"字时，为了加深他的印象，就问："你头顶上是什么？"

小强想了想说："头发。"

"头发上面呢？"

"屋顶。"

"屋顶上面呢？"

"瓦片。"

父亲火了，拍着桌子道："笨蛋，你好好看看，上面到底还有什么？"

小强吓得"哇"地哭了："还有……还有小鸟在飞……"

陈医生是个出名的大夫，他的小女儿向别人介绍自己时总说自己是"陈医生的女儿"。陈医生的妻子觉得这样说容易叫人觉得势利，便对女儿说："从今以后，你只说自己是陈小妹就行了。"

过了几天，陈医生的一位同事碰到小女孩儿："你是陈医生的小女儿吧？"

小女孩儿说:"我一向认为是,但妈妈说不是。"

两岁的花花学识字,妈妈指着"树木"的"木"问:"这个字还记得吗?"

花花摇摇头。

"再想想。"妈妈说着拿过一个小木板凳问,"你看这个小板凳是什么做的?"

花花大叫:"屁股坐的!"

3岁的东东喜欢唱歌,也爱改歌词。一天,母亲给他洗好屁股后,他唱了一曲《小芳》:"谢谢你给我洗屁股,今生今世我不忘怀。"

小山问和他一起玩耍的小女孩:"等你长大了,愿意和我结婚吗?"

"哎呀,那可不行。"

"为啥?"

"我们家只有自己家的人才能结婚。你看,爸爸和妈妈结婚,爷爷和奶奶结婚,叔叔和婶婶结婚,都是这样的。"

小宝一边翻看影集,一边好奇地问妈妈:"妈妈,和你站在一起照相的这个头发黑黑的挺结实的年轻人是谁?"

"傻孩子，那是你爸爸。"
"是爸爸？那么现在和我们住在一起的秃头大胖子又是谁呢？"

妈妈对明明说："儿子，你到肉店老板那儿去一趟，看他有没有猪蹄。"
过了好长时间，明明终于回来了。
妈妈问："怎么样，有没有哇？"
明明说："不知道，我等了好久，可他就是不脱鞋！"

幼儿园里，孩子们一个接一个地问问题。
小奇一直把手举在空中，不过当轮到他提问时，他却把手放下了。
老师问："等了这么久，怎么轮到你讲时你却把手放下了？"
小奇回答说："来不及了，已经尿完了。"

一天，我和丈夫开玩笑，说："你真变态。"
过了一会儿，到了吃饭时间，我问女儿："你爸爸怎么还不出来？"
女儿说："爸爸正变着，还没变完呢！"

一天，小斐家的电话响了，他立刻接起电话说："您好，这里是电话留言，请听到'嘟'的一声后留言。嘟——"

电话另一头半天没反应,小斐气愤地说:"我都'嘟'了,你怎么还不说话啊?"

老师:"小芳,你知道你爸爸今年多大了吗?"
小芳:"爸爸今年5岁了。"
老师:"小芳,你再想一想,难道你爸爸和你一样大?"
小芳:"是的,爸爸亲口对我说过,他是从我出生那天才开始当爸爸的。"

妈妈:"军军,昨天叫你送奶奶,你送了没有?"
军军:"送了啊。"
妈妈:"送了?那奶奶怎么跌倒了呢?你是怎么送的?"
军军:"目送。"

汤姆的祖母来到学校,想看一看汤姆上课时的样子。
老师说:"很抱歉,今天不行。他请假参加您的葬礼去了。"

乔治不想睡觉,于是爸爸坐在他的床头给他讲故事。
两个小时过去后,房间里一片寂静,妈妈打开房门问:"他睡着了吗?"
"睡着了,妈妈。"乔治小声回答道。

老师其实也搞笑

♥

开学时,老师宣布课堂纪律:"上我的课,你们可以很轻松。吃早餐可以,但要吃得营养,除了牛排,我不想看到有人在吃别的食物;要睡觉也可以,但是一定要盖棉被……"

学生们哄堂大笑。

老师继续说:"我唯一比较在意的,是手机一定要关机,因为我绝对不允许有人打扰那些正在睡觉的同学。"

♥

初中时,我有一个同学叫李猜。一次上英语课,英语老师问他叫什么名字,他说李猜。老师又问了一遍,他还是如此回答,英语老师大怒,吼道:"我不猜!"

我们大学的学生都习惯了平时不用心学习,等老师在考前划了重点之后再突击复习。没想到今年学校出台新规定,严禁老师给学生划重点,急得同学们团团转。

这天上考前复习课,老师走进教室,说:"同学们,今年学校规定不许划重点,大家知道吗?"

话刚说完,底下就发出一阵长叹。老师又接着说:"好,现在请大家把书拿出来,我们来划一下非重点。"

一个学生在计算机上机课上玩星际争霸被老师发现,老师恶狠狠地抢过鼠标,将桌面的游戏快捷方式删除,然后大声吼道:"看你以后怎么玩!"

语文老师:"我给大家讲一下这道选择题。大家说为什么不选A啊?对,因为A不对。为什么不选B啊?对,因为B不对。为什么不选C啊?对,因为C不对。所以这道题应该选?"

同学们齐声高喊D。

"对,我们继续讲下一道题。"

地理课上,老师问同学:"河水向哪里流呀?"

一学生猛地站起来唱道:"大河向东流啊。"

老师没理会他,接着问:"天上有多少颗星星啊?"

那位同学又唱道:"天上的星星参北斗啊。"

老师气急:"你给我滚出去!"
学生:"说走咱就走啊。"
老师无奈说:"你有病吧?"
学生:"你有我有全都有啊!"
老师:"你再说一句试试?"
学生:"路见不平一声吼啊!"
老师:"你信不信我揍你?"
学生:"该出手时就出手啊!"
老师怒:"我让你退学!"
学生:"风风火火闯九州啊!"

医患之间的爆笑

女医生瞟了一眼对面的男子:"哪里不舒服?"

男子:"心律不齐。"

医生:"什么时候开始的?"

男子:"看见你的时候。"

医生:"那你不来看我不就没事了?"

男子:"看不见你我就会呼吸困难。"

父亲带着儿子去看精神病医生,说:"儿子觉得自己是母鸡,已经有半年了!"

医生:"啊?都半年了,为什么不早来?"

父亲:"因为我想吃鸡蛋!"

患者:"医生,您有什么妙药可以治好我的梦游症呢?"

医生:"这个装有特殊物品的盒子可以治好你的病。你每天上床以后,把盒子里的东西撒到床的周围。"

患者:"盒子里是什么东西?"

医生:"图钉。"

有一个商人到国外出差,晚上看了一场脱衣舞秀。

回到旅馆后,他发觉眼睛很痛,第二天不得不到一家眼科医院求治。

"我看完表演后,眼睛又红又肿。"他告诉医生。

医生:"下次再看这类表演的时候,记得要眨眼。"

段子不雷人，但让人深思

🐶 一双鞋，在地摊上卖不过几十元，到了商场、专卖店，就会涨到一百甚至几百元，所以你待在什么地方很重要。

🐶 一双鞋少了一只是不值钱的，所以你的另一半很重要。

🐶 因人事行政效率太低，校长在学期结束后的校务会议上大发雷霆。他说："负责董事业务的不懂事；负责人事管理的不省人事；身为干事的又不干事！"

课堂上,老师叫学生做一篇作文,题目是——假如我是经理。

学生们渐渐动起笔来,唯有一个男生神气十足地靠在椅背上,跷起二郎腿,剪起手指甲。

老师走到他跟前问道:"你怎么不写?"

该生爱理不理地说:"等秘书给我写!"

算术老师在讲除法应用题时,为了使学生由浅入深地掌握运算方法,启发学生说:"咱们班共有学生36人,分成18张课桌,那么,谁告诉我,每桌坐几个人?"一个学生说:"两个"。"对!你是怎么算出来的?""是老师排出来的。"

校园里的糗事笑话

有一天放学,教导主任穿了一件很土的大衣,在学校门口倚着摩托车等同事,结果一新生屁颠屁颠地跑过去,亲切地拍拍他的肩膀,说:"师傅,送我去金阳光网吧!"

小磊在厕所玩手机时不小心把手机掉下去了,然后回去拿了双筷子准备把手机夹出来。正在小磊要下筷子时,厕所进来一哥们儿,看到此景,关心地问道:"哥们儿,还没吃呢?"

室友问娟娟:"如果你的男朋友什么都没有了,你还会爱他吗?"

娟娟反问道:"还有呼吸吗?"

最好的朋友——睡在我上铺的兄弟。

最爱的女孩——同桌的你。

最难忘的事——睡在我上铺的兄弟带走了同桌的你。

献血的时候，一同学和医生发生了如下对话。

大夫："同学，请把胳膊弯一下。"

同学："弯曲角度是多少？"

大夫："……"

大夫："同学，请将手一握一放。"

同学："频率是多少？"

大夫："……"

昨儿烫了个头，今天上课时老师说："女孩子嘛，再怎么贪睡早上起床也得梳一下头啊。"

老师："什么是易燃物？"

小宝："我爸爸。"

老师："为什么？"

小宝："我一提意见，他立刻就发火。"

中学时，有个老师的办公室我们没人敢进去，因为门牌上的名字

是"施法中"。

一天,一个有很浓重的地方口音的老师向学生提问50加9等于多少。

学生心里嘀咕:武术加酒?武术加酒?突然恍然大悟,答:"醉拳!"

女儿班里评选班花,她没进入前五名,很郁闷,说大家都选长得白的。我安慰她,他们不是选班花,是评选优质面粉。

晚会上,一男同学上台准备讲笑话:"各位同学,在还没表演之前,请大家笑笑为我壮个胆儿!"同学们哄堂大笑。

"好了,你们已经笑了,我的笑话也讲完了!"

一同学在论坛上写:哥的iPhone4太给力了,摔了三次都没事儿!

下面立刻有人回复:这倒霉孩子,买到山寨的了……

侦探学校的考试中有这样一道题:

公路上有一辆没有开车灯的汽车在飞驰,突然之间,有一个穿黑衣服的醉鬼走到路中间。这时既没有路灯,也没有月亮,眼看那个人就要被汽车撞倒,但汽车忽然刹住了,是什么原因?

有人答是因为醉鬼的眼睛在发光,还有人答是因为醉鬼在大声叫喊。

正确的答案是当时是白天。

马特在大学读书时不用功,整日游手好闲,考试总是不及格。他父亲写了一封信,告诉他:"如果你得了一个优,我就奖给你一辆汽车。"

期末考试以后,马特给父亲回信:"亲爱的父亲,我决定还是考一个不及格,因为你挣钱很不容易,我不忍心让你破费。"

上课铃响了,老师走进一年级教室,用食指蘸了一下唾沫,"哗"的一声翻开课本,清了清喉咙道:"同学们,今天我们学习第一课'从小讲卫生',请大家把书翻开。"

孩子们一个个瞪大眼睛看着他,还有的茫然地把手指伸到嘴里在舌头上蘸了蘸……

大学里,宗教学院的学生们热烈讨论着上帝存在与否。一连几星期,他们学了安塞姆的实体论,肯特的有神论批判以及圣托马斯·阿奎那的宇宙论。

一天,教授宣布一场大考推迟举行,只听一个学生欣喜若狂地叫道:"原来果真有上帝!"

毕业前,学生给老师送小礼物表达谢意。迈克的爸爸是卖酒的,老师看到他带来的大盒子在往下漏液体,就用手指沾了一下放到嘴里品尝。

老师:"是香槟?"

迈克:"不是。"

"白兰地?"

"也不是。"

"我不尝了,你到底带了什么?"

迈克小声说:"一只小狗。"

学校发动学生进行无偿献血。献血站为了热闹一下气氛,特意准备了一些小礼物:献血200CC送一副修指甲的工具,献血400CC送一块漂亮的时装表。

一个学生兴奋地看着这些奖品,问护士:"如果献血10000CC送什么礼物呢?"

护士很惊讶地说:"我们一定会送你去火葬场。"

有趣的军事小笑话

战争时期,某市物资奇缺,发电求援。

来电:勒紧腰带。

回电:请给腰带。

年轻的士兵回到家乡休假,他高兴地向父母讲述在部队的生活。突然,他停下来注意起街上走着的几个姑娘。

母亲轻声对父亲说:"看!我们的孩子已经长大了,参军前他从来不曾留心姑娘们。"

这时,年轻的士兵突然回过头对父母说:"有一个姑娘的脚迈错了。"

军队医院中,一小伙子正接受听力测试。在经过半小时震耳欲聋的超高分贝音量考验及精密的仪器检查后,小伙子完全没有任何反应。

军医:"没问题,真的听不见,你可以走了。"

小伙子说了声谢谢,起身便走了。

上尉在军营门口对新兵讲话:"亲爱的小伙子们,欢迎你们到来。从现在起,你们就是真正的军人了,军队就是你们的家。在这儿,你们就像在自己家里一样。"

话音刚落,一个新兵一屁股坐到地上,点燃一支烟抽了起来。

上尉:"喂,你怎么坐在地上?"

新兵:"我在家就喜欢坐在地上抽烟。"

上尉想了想,对他说:"你说得对极了,我的孩子。这儿就是你的家了。抽完烟,立刻去餐厅帮你大哥洗盘子吧!"

是生活改变了馒头

🌀 倒霉篇：一天，馒头不小心掉到油锅里，结果它变成了——油条。

🌀 不自量力篇：一天，馒头找菜刀单挑，结果它变成了——刀削面。

🌀 奋进篇：馒头到国外留学归来后，它变成了——面包。

🌀 恐怖篇：馒头有梦游的习惯。一天早上，它突然发现睡在自己身边的丸子不见了，找了半天也没找到。洗脸的时候，它无意中照镜子，发现自己变成了——包子。

休闲篇：馒头去大众澡堂泡澡，恰巧一只山羊也来泡澡，于是它们变成了——羊肉泡馍。

成长篇：馒头小的时候是——旺仔小馒头。

浪漫篇：馒头爱上了香肠，它们发誓永不分离，于是世界上多了一种食品——热狗。

见义勇为篇：一天，丸子正在过马路，一辆汽车飞驰而过。馒头奋不顾身地冲上去救丸子，结果它们变成了——比萨。

强壮篇：馒头觉得自己的身体不够强壮，于是每天坚持喝牛奶，吃鸡蛋，锻炼身体，经过不懈的努力，它终于变成了——饼干。

无辜篇：一天，馒头看见哥哥在和肉团、生菜打架，于是上去劝架，结果世界上多了一种食品——汉堡包。

生活万象,搞笑幽默段子

我和老婆散步时走到一条臭水沟边,顺口说了一句:"好臭!"
老婆:"你这是随便发布空气质量报告,是不合法的。"

博世家电的女导购正在试图说服一中年男子买她们的产品。
"先生你知道吗?世界上第一台真正意义上的电冰箱就是博世制造的!"
"那又说明什么?"
"第一台哎,冰箱的鼻祖嘛!说明我们博世最专业呀!"
"姑娘啊,你应该知道足球是中国发明的吧。"
"……"

宝宝生下来了,同病房里的人都围着宝宝越看越喜欢。

一位老奶奶乐着说:"这孩子大耳朵胖乎乎的,天生就有福相,将来一定有福,就叫'福'吧!"

孩子爸爸连忙摇了摇头,说:"我姓梅啊。"

去理发的时候和发型师聊到什么脸型适合什么发型,我问了句:"像我这种烧饼脸的适合什么发型?"

发型师来了句:"妹啊,别开玩笑了,你这哪儿是烧饼脸啊?谁家烧饼做这么大!"

小梅半夜回家,在路边打了一黑车。司机停车后,她刚要坐进去,一想还是记下车牌号吧,于是关门绕到车后看了一眼,结果司机开车就走了。

小梅心想这司机心虚了,还好没坐这车,于是继续在原地等出租。

十分钟后,那辆黑车又绕回来停在她身边,司机摇下车窗说:"你怎么没上来啊?我听到关门声以为你上来了,还问你去哪儿呢,结果回头一看没人,这大半夜的可吓死我了!"

喝酸奶的时候常常把吸管弄折了都戳不进去?

教你个小窍门:平静地将吸管取出,在手中把玩一会儿,眼睛不要看酸奶,装作若无其事,然后趁它不注意猛地一戳!

妻子去逛商场，当看到一精致的厨具上写着"有了它可以减少您厨房内的一半工作"时，高兴地一下买了两个。

以前有人说我没人疼没人爱，我只能默默不语，暗自流泪。但是从今天开始，情况大有不同了！

就拿昨晚来说吧，两三个美女轮流给我打电话，嘘寒问暖，关心备至。

我就淡淡地回了一句："妈，大姐二姐说给我寄了200，这个月我省点儿花，您给我寄500就行。"

小吴看到一只十分凶猛的狗站在一个老汉身边，于是问他："你的狗咬人么？"

老汉说："不咬。"

话音刚落，狗突然咬了小吴一口。

小吴生气地说："你不是说你的狗不咬人吗？"

老汉："那不是我的狗。"

在咖啡厅里刚点上一支烟，服务员就走过来对我说："先生，这里不让抽烟。"

我站起来往前走了两步问："这里呢？"

"也不行。"

我失望地摇了摇头，又走了几步，试探地问："这里行了吧？"

"还是不行。"

我又沮丧地往左挪了挪,不抱希望地问:"这里也不可以吗?"
"你都抽完了还问我!"

甲:"有火柴吗?"
乙:"没有。"
甲:"还想请你抽支烟呢,真不巧啊!"
乙:"火柴没有,我有打火机啊!"

小李问莉莉:"你爸姓什么啊?"
莉莉:"姓赵。"
小李:"那你妈妈呢?"
莉莉:"也姓赵。"
小李:"同姓恋啊!"

一对70后父母对孩子说:"儿子,我们和上一辈的父母不一样了,我们老了以后会直接去养老院,你勇敢地去走你自己想走的路吧,不用考虑我们!"

孩子一听就哭了:"你们的意思是我不能继续住在家里,也不能花你们的养老金了?"

医生对老王说:"你老婆的身体没什么大碍,你以后别跟她吵架,多顺着她一点儿,尽量满足她的要求,多带她出去旅旅游,让她保持精神愉悦,她很快就会好起来的。"

老王回家对老婆说:"老婆,大夫说你这病没治了。"

最近刘海儿有些长了,恰好中午在办公室闲着没事儿,就找了剪子和小镜子,自己把刘海儿给剪了。

晚上回到家,我拉住老公问:"看看我这刘海儿剪得怎么样?"

老公瞟了一眼嘟囔道:"不怎么样。"

我说:"我自己瞎剪的,一分钱没花。"

老公又盯着我的刘海儿仔细看了看说:"不错,真不错,你怎么不早说呢!"

办公室里,小鹏看着台历叹道:"这个月的节日太多了,什么双十二、末日狂欢、平安夜、圣诞节……噱头太多了。"

李姐笑着说:"节日多还不好啊?节日多了,和你女朋友浪漫的机会也多了啊。至少商场打折的名目也多呀。"

小鹏说:"好是好,可是光过节也不发过节费,银子不够花,这不是作践人吗!"

妈妈让东东去买三斤苹果回来榨果汁,买回来一称却只有两斤半,便带着东东来到水果摊前质问:"你怎么缺斤短两啊?三斤的苹果连两斤半都不到,是不是觉得孩子好骗啊!"

摊主满脸委屈地道:"我没缺斤短两呀,你称过你的孩子没有?是不是他增重了?"

小时候参加饭馆的抽奖活动,当我从抽奖箱里拿出纸条后,大声念道:"啤酒10斤!"

服务员听到后,冷冷地纠正我说:"是'啤酒1听'。"

我和媳妇儿打车出门,司机笑着问我:"这姑娘真漂亮,多大了?"

我看着媳妇儿问:"你有20没?"

媳妇儿心花怒放,笑着说:"讨厌。"

我又说:"你到底有没有啊?我打车没带零钱。"

媳妇儿一脸黑线……

妈妈给我打电话,高兴地说:"你别不相信,上次专家讲座上教的'六字保健法'还真灵!"

我问:"哪六个字啊?"

她说:"就是'管住腿,迈开嘴'呀!我现在很少出去串门儿,啥保健品都吃,身子骨比以前棒多了!"

我心存疑惑,打开电脑查找那位专家的讲座,发现专家的原话是'管住嘴,迈开腿'。

王大娘总是记不住她的主治医生叫什么,医生想到一妙计,告诉王大娘:"大娘您每天都吃饭吧?我姓范,你就叫我小范医生吧。"

几天后,范医生见到王大娘,问:"大娘您还记得我吗?"
王大娘喃喃自语道:"吃饭的吃,你是小吃医生吧?"

晚上去奶奶家吃饭,不小心把一块排骨掉在地上,怪心疼的,就问奶奶:"奶奶,你今天拖地了吗?"
奶奶说:"拖了,我每天早晨都拖地。"
于是我放心地把排骨捡起来放到了嘴里。
紧接着奶奶又说:"你爷爷晚上泡脚的水我不倒,留着早晨拖地。"

小赵和丈夫吵了一架之后打电话给妈妈:"他又和我吵架了,我要过去和你一起住!"
小赵妈妈:"不,他必须为他的行为付出代价!我过去和你一起住!"

我一不高兴就喜欢吃东西,一吃东西就发胖,一发胖就不高兴。

黄部长和属下去钓鱼,钓了很久都没钓到,属下却钓上不少。
属下怕他面子上挂不住,便拍马屁道:"这里的鱼都是乡巴佬儿,没见过大世面。"
黄部长问:"何以见得?"
属下答道:"如果见过大世面,为什么还怕领导接见呢?"

有个学生在上课的时候总是没完没了地讲话。

老师在他的家校联系卡上这样写：该生在上课时说话太多！

孩子的父亲看到后回复：其实他妈妈更会说！如果您下次看到他妈妈您会更吃惊的！

小丽将谈了3年的男友第一次带回家，男友郑重地对岳父岳母大人说："放心，就算家里剩一碗汤我也会让她先喝！"小丽正感动，二货弟弟来了句："汤一般上面稀下面稠！"

跟女友在公园约会，正巧有一群鸽子从头顶飞过。

我对女友说："我的新房有阁楼，我打算等咱们结婚后也养群鸽子，你不会有意见吧？"

女友快言快语道："没意见，我太喜欢鸽子了。"

我兴奋地说："真是缘分啊，你最喜欢哪种鸽子？"

女友抿了抿嘴，笑着说："红烧的！"

极品糗事，保你乐开花

 我家住十层，这两天电梯坏了，懒得下楼，就叫了肯德基的外卖。

连续两天来送餐的是同一个小伙子，第二天他气喘吁吁地对我说："哥，明天别点肯德基了，麦当劳出新品了，你不试试？"

 下班去买馒头，前面一哥们儿拿起馒头捏了捏，大叫："老板，这馒头不是刚出笼的吧！都是凉的！"

老板不屑地说："这么冷的天，你脱光了站在这里试试。"

上班路上偶遇一个剧组在拍摄,我寻思过去当个路人甲啥的,于是就整理好衣服信步走过镜头,心里美滋滋的。

结果听到导演大喊:"再来一遍,注意围挡一下行人!"

考完试后,我对人生失去了信心。

第二天去医院看病,医生说:"对不起,你这个病不是当初考试时划的重点,我看不了。"

某吃货到医院看病,医生给他开了点儿药,并叮嘱道:"这些药要空腹吃。"

吃货为难地说:"您能不能换点儿别的药?我什么时候空过腹啊……"

我和老婆外出就餐。

她突然质问我:"你怎么可以把鼻屎抹在桌子下面呢!"

"呃,你怎么知道的?"

"这张桌子是玻璃的……"

旅游途中肚子痛,只好去树林中便便。完事后发现忘记带手纸,无奈之下给朋友打电话求救。

朋友:"你找几片树叶不就解决了?"

我:"这是松树林……"

一男生每次放屁都要放得很响,然后配一句"是我放的"。
他的理由是这样的:"我不能让我的屁没有妈!"

昨晚喝多了,早上起床时发现有一只袜子怎么也找不到,连忙又找出一双新的穿上。
晚上公司聚餐,给领导倒酒时,那只袜子从袖子里掉到了饭桌上……

在当代艺术美术馆的现代雕塑展室里,只有两个小伙子在参观。
看着那些扭曲的铁管和破碎的玻璃,其中一个说道:"咱们出去吧,别让人家以为这儿是咱们糟蹋的。"

晚上吃坏了肚子,一直想吐却吐不出来,特别难受。看网上说可以把筷子伸进喉咙里催吐,于是我握着一双筷子蹲在马桶边犹豫了半天,刚伸进嘴里,妈妈进来了,一把打掉我的筷子,惊恐地说:"再饿你也不能吃屎啊!"

"老板,这件外套多少钱?"
"一千。"

"妈呀！这么贵！那旁边那个呢？"
"那件新款，两个妈呀。"

"老板，这件衣服多少钱？"
"15！"
"老板你怎么这么做生意啊！这怎么让别人砍价啊！"

今天去农贸市场买鸡，看摊儿的是一个孩子，我问："一只鸡多少钱？"
孩子回答："23。"
我又问："两只鸡多少钱？"
孩子愣了一下，一时间没算过来，急中生智地大吼一声："一次只能买一只！"

在淘宝上买了双雪地靴，穿上发现不好看，对老公抱怨道："模特儿穿上挺好看的，自己穿上怎么差那么多！"
老公："模特儿都不穿裤子，穿起来当然好看了！"

一运输司机在运货途中遇到警察检查，按要求把驾照拿给警察。不料警察喝道："8吨车拉了40吨，我要看火车驾驶证！"

今天坐地铁的时候,旁边坐着一抱孩子的妇女。孩子调皮地在妈妈身上蹭来蹭去,把鞋踢到了地上。我弯腰正准备帮忙捡,突然听到妇女说了一句:"你再把鞋弄掉了,傻子会捡走的!"

你说我弯下的腰该怎么办?

朋友儿子来我家玩儿,看到无线鼠标后,好奇地问我怎么没有线,我顺口说嫌用着麻烦给剪了。

下午朋友打电话过来,说他家里的鼠标线被剪了,训了我半个小时……

老李出差住旅店,旅店老板看他一会儿工夫就跑了七八趟厕所,问他:"拉肚子了吧?"

老李暴怒道:"你们厕所也不多弄几个坑儿,着急上厕所呢,结果每次去都是满员!"

哥们儿去医院打破伤风针,问医生:"一个月前踩到图钉打的针,今天又踩到还用不用再打?"

医生:"有那钱你还是看看眼睛吧。"

一到夏天,我们学校宿舍的厕所里就会有特别多的蚊子,每次上厕所都要被咬上几口。

久经折磨后,我和室友感慨道:"这年头,上趟厕所都要付出血的代价。"

早上上课途中见一同学骑着捷安特自行车,于是对他说:"你这车不错啊,是捷安特的!"
没想到他斜着眼生气地回答:"不是!这车是我的!"

一同学去买炒饭,让炒饭的大哥在蛋炒饭里加六个鸡蛋。
炒饭大哥一点没含糊,说:"兄弟我直接给你炒盘鸡蛋得了!"

去医院看左腿骨折的朋友,发现医生竟然把石膏打在了他的右腿上。
找医生理论后,医生道歉说:"真对不起,我让一位实习生打的石膏,一定是他搞错了。"
我批评了医生几句,又对朋友说:"你也真是的,那么大人怎么看到石膏打错了也不吱一声?"
朋友咧咧嘴:"我还以为是要先用好腿做个模子呢……"

昨晚煮螃蟹,水开后,我把螃蟹一个个扔进锅里,看它们在锅里乱动。
老婆从小就善良,见不得这个,遂躲在我身后不敢看。
我宽慰道:"老婆,我们是不是太残忍了?"
老婆:"嗯……放盐了吗?"

急救课上，教授演示心肺复苏急救。

教授："双手按压胸部，压下2~3厘米即可，劲儿不能太大，容易把病人肋骨压断！下面请看示范。"说完双手使劲儿向下一压，忽听"咔嚓"一声，模型的肋骨断了。

沉默了一下，教授尴尬地说："下课。"

小学毕业时我买了本星座手册，上面说1月20日－2月18日的星座是水缸座，以至于后来很长一段时间内我都对别人说我是水缸座！

有一次要联系同学甲，但是没有他的号码，就给另外一个和他很熟的同学乙发短信："请问有甲同学的电话号码吗？"

5分钟后，终于收到回复，我迫不及待地打开短信，看到屏幕上只有两个字——有啊。

无奈之下，我再次发短信给乙："请告诉我好吗？"

5分钟后，又收到了回复，赫然是另外两个字——好啊！

刚上大学的时候特土，有一次我上台做PPT展示，开了电脑半天投影仪没反应，下面几个同学喊"按F2，按F2"，于是我犹豫了一下，问道："是俩键同时按吗？"

大学毕业的时候，班上一个女生要两个男同学帮她搬东西。几大箱的东西从六楼搬到一楼，把那两个男生差点累断气。楼管阿姨看不过去，说了一句让我感慨至今的话："自己的男朋友不舍得用，别人的男朋友用得倒起劲。"

记得当年上编剧班的时候，班上有一女生叫杨晓，话比较多，同学A不太喜欢她。某日A与班长一起在食堂吃饭，A一坐下就对班长说："杨晓烦死了！"这时坐在A对面的班长突然发现杨晓就站在A身后，于是班长马上问A："杨晓烦是谁？"

今天老板找我谈话说："你个人工作能力很强，再多管一个部门吧。"

我问："工资加吗？"

老板："不加。"

我答："我不是雕牌，也不是立白，加量不加价的事情我做不来！"

幽默风趣的文化人儿

♥

水产店里,螃蟹个个儿被五花大绑,装在盛水的塑料盒里。其中装3只的叫"桃园三结义",装4只的叫"初唐四杰",装5只的叫"五虎上将",装6只的叫"戊戌六君子",装7只的叫"竹林七贤",装8只的叫"唐宋八大家"。

顾客对老板说:"你卖螃蟹可真有创意!"

老板:"来这里买螃蟹的文化人多,咱打的是'文化牌'!"

♥

有人问:"是谁动了老虎屁股?"

"虑"听到后有些担心:"看来这下该有人倒霉了。"

"虚"显得有些犹豫,胆怯地说:"不会吧?这人胆子也太大了吧?"

"虏"孔武有力,满不在乎:"就是我动的,怎么着?它要敢来,我把它尾巴团成'几'字!"

♥

有个县官,从来没有见过真老虎,可是却特别喜欢画老虎,画去画来,总是像猫。

有一次,这位县官又作了一幅画,上面题了一个大大的"虎"字。

他喊来一个衙役问道:"你看老爷画得如何?"

衙役看了看,摇摇头说:"老爷,这哪像虎,这分明像只猫。"

县官气坏了,打了这个衙役二十大板。

刚刚打完衙役,一个丫环进门来,县官又问:"你看老爷刚作的画,像不像?"

丫环连忙回答说:"像,像!真有点儿像太太养的那只猫。"

于是丫环也挨了顿臭骂。

县官又问师爷:"你说实话,老爷画的这是个什么?"

师爷说:"老爷,不怕您不高兴,真要说起来呀,您画的这个东西您自己最害怕。"

县官问:"老爷我怕什么?"

师爷说:"老爷您怕皇上呀!"

"那皇上怕什么呢?"

"皇上怕天——皇上乃天之子也。"

"天怕什么呢?"

"天怕云——乌云遮天呐。"

"云怕什么呢?"

"云怕风——风吹云散。"

"风怕什么呢?"

"风怕墙——墙可挡风。"
"墙怕什么呢?"
"墙怕老鼠——老鼠专门在墙上打洞。"
"老鼠怕什么呢?"
"老鼠啊,老鼠就怕老爷您画上的这个东西啊!"

职场幽默，让工作不那么枯燥

病人总爱说梦话，于是去求助医生。

医生："你结婚了吗？"

病人："没有。"

医生："那又不妨碍别人，没关系的。"

病人："怎么不妨碍？我总是在办公室里说。"

我酒量有限，所以遇到饭局就发怵。

快下班的时候，经理过来要我跟他一起去参加一个饭局，我赶紧说："我老婆今天值夜班，孩子自己在家，能不能换别人？"

经理皱着眉头说："上次你好像也是这样说的。"

我脱口而出："这次我保证是真的！"

小王跳槽了,平时他和大家相处得不错,临走时大家都和他互赠礼物留念。

他送我一个猪脸靠垫,说:"这个送你了,以后你就睹物思人吧。"

冬天单位发取暖费,职务越高,取暖费就越多。我们几个新员工纳闷取暖费为什么和职务挂钩,一同事道:"看起来领导比员工更怕冷啊。"

办公室的小陈长得英俊潇洒,给他介绍女朋友的人络绎不绝,单是相亲就把他忙得团团转。

最近几天,我发现他一直无精打采,忍不住好奇:"怎么不去相亲了?在家耗着多浪费资源啊!"

小陈一听,叹了一口气说:"断货了。"

办公室的小徐为人豪爽,有一次我们谈论起小三的问题,问她:"你老公要是有外遇了,你跟他离婚吗?"

她淡淡地说:"我这辈子没有离婚,只有丧偶。"

小赵和小刘在上班时间偷溜到楼下的健身中心游泳。两人换好泳衣刚跳下泳池,就看见领导光着膀子站在池中。

领导抢先说:"组织派我来查岗,看看谁在上班时间溜出来游泳!"

小赵连忙接话："您也领到这任务了？我还以为就我一个呢！"

小刘愣了良久，泪流满面地说道："我都义务查岗很多年了，今天总算找到组织了！"

众人开了很长时间的会，正疲惫不堪之时，突然听到领导说了一句："下面我讲最后一点。"大家立刻都精神起来。

领导随后又说了一句："这一点我分三个小点来讲。"

众人皆晕倒。

老板出差了，我的差旅报销单需要领导签字，于是就找部门经理签了下。

当我拿着报销单找财务要钱时，出纳看了看单子上的签字，说："你怎么找经理签的啊。"

我无辜地问："老板不在，经理签的不行吗？"

出纳飘过来一句话："不是每种牛奶都叫特仑苏。"

早上，胖子小范一进办公室门，就带来一股煎饼味儿。

我问他："你吃的什么？"

小范笑道："一个煎饼。"

我说："你每天要是都能这样，肯定能瘦下来。"

跟着小范进来的小孙喊道："周姐，他那煎饼夹了三个鸡蛋两个薄脆，就连葱花都是双倍的！我的煎饼叠起来看着像个薄毯子，他那煎饼简直就像个加厚的羽绒被！"

今天老板找我谈话说:"我觉得你的工作能力很强,再给你个部门管吧。"

我问老板:"加工资吗?"

老板:"不加。"

我:"对不起,我不是雕牌,也不是立白,加量不加价的事情我做不来。"

本人日语专业毕业,现在小型进出口公司工作。

今天老板收到一份日语传真,随手扔到我办公桌上,来了一句:"给我翻译成人话。"

今天单位聚餐,我难得地受到了领导的表扬。他说多亏我经常迟到,才有了这次活动的经费……

有一次我和领导出差,在高铁站遇到个留学生,问我领导:"请问机场怎么走?"

领导憋了好久,尴尬地看了我一眼,说:"我英语不太好啊……"

我当时就愣了,弱弱地说:"老大,人家问你的是中文啊……"

小朱对同事小董说:"新年快到了,我给我老婆买了一件很贵的貂皮大衣当节日礼物！我在此向你表示深切的同情！"

小董很奇怪地问："这跟我有什么关系？"

小朱冷笑一声，说："我老婆说，今晚要找你老婆出去吃饭。"

最近几天气温骤降，我问同事小耿："现在天气变冷了，你买的那件羽绒服给你婆婆了吗？"

小耿听后摇头说："现在不能给，那是当生日礼物买的。"

我："你婆婆啥时候生日？"

她一本正经地说："6月。"

小吴："下班一起去吃火锅怎么样？我请客。"

小刘："你请客？今天太阳打西边出来了！"

小吴："唉，我们办公室新来的小姑娘每天都喷好多香水，弄得我身上也一股子香味，这要是回家被老婆发现了还了得？我寻思半天，只能靠火锅去去味了。"

商场经理："把你调到农药柜台上，我有点儿不放心。"

售货员："为什么？"

商场经理："根据顾客反映，你卖什么吃什么。"

我和同事燕子去大剧院看音乐剧，我对她说："这家大剧院已经有一百多年历史了。"

燕子:"是吗?可舞台上的演员都还很年轻呢!"

🍪 同事小罗的老家经常刮沙尘暴,一说起风沙来他就深恶痛绝:"我家那儿的风沙忒大了,出门儿就别想睁开眼睛。一不小心风沙刮在鼻子里,老牙碜了!"

🍪 公司年会前一天,我忽然感觉自己的节目少了点睛之笔,于是灵机一动,买了块红绸,在上面写了"祝公司再创辉煌"几个大字,然后叠成一小块塞在衣服口袋里。

第二天年会,我跳完街舞后,掏出口袋里的红绸,潇洒地一抖。前排的总经理第一个鼓起了掌,随后全场掌声雷动,我心中暗暗得意。

表演结束后,主持人请总经理对我的表演进行点评。老总清了清嗓子道:"小姚这个魔术表演得很不错!就是前面的铺垫有点多了。"

🍪 公司举办晚会,后勤科出的节目是大合唱,歌名是《我们都是一家人》。上台前,科长鼓励大家说:"你们要像我一样镇定,不要紧张。"于是,全科十几个人迈着整齐的步伐走上舞台。科长亲自报幕:"下面我们为大家献上一首大合唱,歌曲的名字是《我们一家都是人》!"

雷人宝宝笑翻人

幼儿园的孩子们经常在睡觉的时候尿床。为了促进孩子们对自己的约束,幼儿园老师对孩子们说:"从现在开始,不管是谁,只要尿床一次,就罚款3元,如果尿床2次,罚款5元,尿床3次,罚7元。"

话音刚落,孩子们就七嘴八舌地议论了起来。

"老师,我想办理一个月卡!"

"老师,我想办理一个年卡!能打折吗?"

胡同里有一群小孩子在开心地玩耍,这时候从旁边走过来一个男孩子,很羞涩地对他们说:"我可以和你们一起玩吗?"

一个女生走出来对他说:"想和我们一起玩?那你爱我吗?"

男生回答:"爱的!"

女生:"不是假的爱? 是真的?"

男生:"绝对是真的!"

女生:"还说真的爱我,那你怎么不把你手里的棒棒糖送给我?"

小表弟长得极为可爱,声音也细细的,特别像女孩子,就是喜欢恶作剧。

有一次他穿了一条裙子,走到大门口,每看到一个人就把裙子撩起来说:"哈哈,你们看,我是男的哦!"

今天上班的时候经过机关幼儿园,突然发现一个孩子拉着一个穿军装的男人大叫道:"爸爸! 下午你一定要来救我啊!"

男人说:"你放心!我一定过来救你!"

幼儿园老师上课的时候发现小宝的头发特别卷,就问:"小宝,你知不知道你的头发为什么会这么卷啊?你看看其他小朋友,他们的头发都不卷啊。"

小宝仔细看了看其他小朋友,发现果然只有自己一个人的头发是卷的。他想了一下对老师说:"老师,我估计当我还在妈妈肚子里的时候,妈妈喝了太烫的开水把我的头发烫卷了!"

我给7岁的儿子上课:"你想谈恋爱要等到大学四年级,结婚要等到25岁以后。"

儿子问:"那你结婚的时候几岁啊?"

"25岁。"

"爸爸呢?"

"26岁。"

儿子大吃一惊,问道:"你们不是一起结婚的?"

有一天,小刚买了三瓶果汁回家。在路上,遇到了阿爽的妈妈和阿爽,于是小刚拿了一瓶果汁给阿爽。

阿爽妈妈说:"小刚哥哥给你果汁,你要说什么?"

阿爽看了看果汁,然后说:"吸管呢?"

自从得了精神病，整个人精神多了

　　有一个精神病人，不知从哪里弄到了一把手枪，走在一条黑色胡同里。突然遇上一个年轻人，精神病人二话不说将年轻人按在地上用枪指着他的头，问道："一加一等于几？"
　　年轻人吓坏了，沉思了许久，战战兢兢地回答："等于二。"精神病人毫不犹豫地开枪杀了他，然后把枪放在怀里，冰冷地说了一句："你知道得太多了。"

　　一架飞机飞过一个精神病医院，驾驶员突然笑个不停。
　　空中小姐很好奇地问："你为什么笑得那么开心啊？"
　　只听他说："他们知道我逃出来，一定会气疯的。哈哈哈！"

　　男精神病患者："我有话要告诉你。"

女精神病患者:"什么事儿呀?"

男精神病患者悄悄地说:"你一定要保守秘密,我是菩萨的儿子。"

女精神病患者:"我什么时候生过你这个儿子!"

一天深夜,一名男子走进一间牙医诊疗室,说:"对不起,您能帮帮我吗?我觉得我是一只飞蛾。"

牙医:"你不该看牙医。你需要看精神病医生。"

男子:"没错,我知道。"

牙医:"那你为什么还上这儿来?"

男子:"这边灯亮着。"

有个精神病人总觉得自己已经死了,大夫怎么跟他解释都没用。

最后大夫问他:"您说,尸体内的血会流吗?"

"不会!"大夫随即拿针往病人胳膊上扎了一下,冒出了一滴血。大夫问:"这下您还有什么话说?"

"大夫我错了,尸体内的血是会流的。"

有一家疯人院。一天,院长想看看有多少人病好了,就让护士在墙上画了扇大门。只见 个个病人都疯了一样地往墙上撞。院长很失望,忽然他看见只有一个病人无动于衷。院长很是高兴,忙跑过去问他:"难道你不想跟他们出去?"

病人答道:"这帮傻帽儿,我这儿有钥匙!"

医院精神科的患者常常会对医生或护士有爱慕的情结。

某日，一位女患者向某男医生走来……

女病患问："聂医生，你爱我吗？"

聂医生沉思许久，为了不给病人造成压力以免病情恶化，他斟酌后答道："我们之间呢，是医生与病人的关系。因为你生病了所以我必须要好好照顾你……"

女病患追问："聂医生，你的意思是说你不爱我？"

聂医生沉默。

女患者却如释重负地说："还好，我爱的是陈医生……"

一天，精神病院的护士接到一个电话，那人问："小姐，你去看看13房4床的病人还在不在？"护士说："请您稍等一下。"过了一会儿，护士："哎呀，他不在了！"电话里的人说："那就好！看来这次我是真的跑出来了……"

一天深夜，一个年轻女子经过一家精神病院时，突然后面传来"哇"的一声。女子扭头一看，一个一丝不挂的男子正在向她追来。

女子吓得拔腿就跑，后面的男人紧追不舍。前面是一条死胡同，女子万念俱灰，跪在地上哭着哀求道："你愿意干什么就干什么吧，只求你不要杀我。"

男子狡黠地笑了笑说："真的？那现在你开始追我。"

医院为防止病人出逃，外设100道墙，两个精神病患者仍欲逃出医院。于夜黑努力翻墙。至第30道墙下，"累了吗？""不累。"于是二人继续向外翻。至第60道墙下，"你累了吗？""不累。"于是二人继续向外翻。至第99道墙下，"你累了吗？""累了。""那好，我们翻回去吧。"

在一个精神病院里，有一天，院长想看看三个精神病人的恢复情况。

于是在他们每人面前放了一只小白兔，第一个精神病人坐在小白兔的上面，揪着小白兔的两只耳朵，嘴里喊着"驾"，院长摇了摇头；第二个人背对着小白兔，拍着它的屁股，嘴里说着"给我追"，院长叹了口气；第三个蹲在那里一个劲儿地摸着小白兔，院长看后，满意地点点头，只听他说了一句："小样的，放你300米，等我擦好车再追你！"院长彻底晕倒……

一天，小黄开着他的货车到一家精神病院去载货。进入医院后，才发现其中的一个轮胎严重亏气，于是小黄便下车换备胎。在换的过程中，不小心把轮子上的4个螺丝弄到水沟里了。小黄正在烦恼该如何解决时，从旁边经过的一名精神病人笑小黄："这么简单的问题都不会，难怪只能做货车司机。"小黄问那位病人："那怎么解决？"精神病人说："只要从3个轮胎上各拔1个螺丝下来，装到备胎上，再慢慢开到市区，找家车行不就得了。"小黄恍然大悟，便说："你那么聪明，怎么还待在这家精神病院？"此时病人又说："我是因为精神有问题,又不是因为笨!"

有一个精神病人天天在空鱼缸前钓鱼。有一次,护士开玩笑地说:"今天钓到几条啊?"精神病人愤怒地说:"你脑子有病啊,没看到这是空鱼缸啊!"

一个钢琴调音师到精神病院去调音。

他独自在一个房间调音,有一个人走进来打开了电视。电视声干扰到他,但他告诉自己不能和病人争辩,因此他只是站起来,把电视关掉。

那人看看他,又把电视打开,他又关掉,如是者三。然后他走上前,告诉那人他要调音,需要安静一会儿,请那人等他完成工作再看电视。

那人大笑起来:"我是来修理电视的,还以为你是病人在乱弹琴呢。"

笑翻天的交通笑话

♥

　　Tony是个特技表演者，表演的项目是丢钢刀，就是那种三只、四只、五只钢刀抛来抛去的。

　　有天晚上他表演完了，便带着刀要回家去，在半路遇到临检，警察问："你怎么随车带着凶器呢？"

　　Tony："我是表演特技的，这是我的道具啊！"

　　警察说："我不相信，你试给我看看！"

　　Tony便在路边表演起丢钢刀……

　　后面被拦下来的车上有人看见，说："哇！现在测试酒驾可真严格啊！"

♥

　　某人骑摩托车喜欢反穿衣服，就是把扣子在后面扣上，可以挡风。一天他酒后驾驶，一头栽在路旁。

　　警员赶到后……

警员甲:"好严重的车祸。"
警员乙:"是啊,脑袋都撞到后面去了。"
警员甲:"还有呼吸,我们帮他把头转回来吧。"
警员乙:"好……一二使劲,转回来了。"
警员甲:"嗯,没有呼吸了……"

♥

一个老板吃完饭后非常高兴,吹着口哨,开着心爱的奔驰600在公路上行驶。这时,他发现路边停着一辆农用拖拉机,并且有一个人在摆手。于是,他停下车,原来,这个拖拉机坏在路上了,想找人帮助拖走。老板今天心情非常好,便答应了。两个人同时约定好,如果拖拉机打右转向灯,请继续开。如果拖拉机打左转向,请停车。然后,老板开着奔驰600拖着拖拉机慢慢向前开。突然,一辆宝马轿车从后面以极快的速度超过他们,老板一看,非常生气:"还没有人敢超我奔驰600呢!"于是,他马上挂高速挡,急踩油门,奔着宝马就追了上去。正当他以280迈的速度快要追上宝马车的时候,路边的一个交通警察发现了他们,想拦已经来不及了,连忙拿出对讲机,跟下一路段警察联系:"喂,喂,喂,发现两辆车在飙车,速度非常快,一个是宝马,一个是奔驰600,请你拦阻他们,不对,是三辆车在飙车,后面还紧紧地跟着一辆拖拉机,并且拖拉机还打着左转向灯,想超车……"

警察在一条新开辟的隧道里迎来了第一千辆通过的汽车,代表市政当局赠送给驾驶人一千元的幸运奖金和一枚纪念章。他顺便问道:"你拿了钱打算怎么使用?"

"首先,我要领取一份驾驶执照。"驾车人回答。

他太太忙解释说:"警官,我丈夫喝了酒,总是胡言乱语。"

他那耳聋的妈妈补充说:"你看,我早知道,你偷了汽车,逃不了多远的!"

一朋友爱喝酒,平时也给4岁的儿子用筷子蘸点儿喝。一天他应酬喝酒时带着儿子,也给儿子喝了点儿。之后被交警拦下来吹气,超标。这朋友说我没喝酒怎么会酒精超标呢?随手把测试机塞到儿子嘴里吹,也超标。这朋友对交警说你这东西坏了,小孩吹都超。

70岁的大妈开车,交警把她拦下来说:"大妈,你开这么慢,会影响交通的。"大妈说:"那个招牌不是写20吗?"交警说:"那是20路公交车站!"大妈说:"哦……不是限速啊!"交警说:"咦?你后面三个大妈脸色怎么这么难看啊?!"大妈回答:"我们刚刚从245路公交车站开过来呀!"

司机:"先生,你没看见那张'请勿吸烟'的宣传标语吗?"

乘客:"你这上面还写着'请穿某某牌内衣'、'请到某某医院',我也要照办吗?"

一个骑自行车的人闯红灯,一辆载重卡车在他身边戛然停住,骑车人对卡车司机大声喊:"不要命啦你!"

♥

公交车乘客:"售票员,请问,这里能吸烟吗?"
售票员:"不能。"
乘客:"那么,地上这些烟头都从哪儿来的呢?"
售票员:"都是不问的那些人的!"

♥

警察:"先生,请你向这个小管子吹口气。"
司机:"不行,我有气喘病。"
警察:"那你做一次血检吧。"
司机:"不行,我有血友病。"
警察:"这样吧,你就沿这条直线走一下吧。"
司机:"不行,我喝醉了!"

♥

老妈说楼上的邻居买了辆车,我问:"自动的还是手动的?"
老妈思考了片刻:"可能是手动的吧,前面有个方向盘。"

♥

公交车上,由于拥挤一男一女发生了摩擦。
时髦女郎回头骂道:"你有病啊?"
男子觉得莫名其妙,回道:"你有药吗?"
女子又骂道:"你有精神病啊?"
男子冷面对道:"你能治啊?"
全车人爆笑!

到站司机停车，趴在方向盘上大笑！

从车后面挤过来一个青年要下车，跟那女的说了一句"让一下，下车"，那个女的没有动。

青年挤过去时就踩到她了。

结果那女人开始不停地大声骂："神经病啊你！神经病啊你！"

青年一直没有说话，下车时忍不了了，回头对那女人说："复读机呀你！"

全车人爆笑！

后边有几个搞笑的小孩，不停地扮演刚才的一幕。甲说："你神经病呀你！"乙说："你复读机呀你！"

后来，有个小姑娘也要下车，挤过去怯怯地说："偶，偶，偶想下去，偶不是神经病！"

全车人再次爆笑！

那个女人没有说话，可是从边上飘来一句话："你是不是没电了？"

全车人爆笑不止。

路边停着一辆宝马，属违章停车。警察过来，贴条儿，抄单子。一哥们儿从商场出来："你不就是警察吗，牛什么啊？不就会贴条儿、抄单子吗！"警察看他一眼，没说话，继续抄单子。"你要真牛，甭贴条儿，你直接叫拖车拖走啊！"警察看他一眼，还没说话。"牛什么啊！除了贴条儿吓唬我们你们还会什么！有本事你拖走！"警察抄完单子，打电话，叫拖车。拖车来了。警察看着那哥们儿。"嘿，你还真牛啊！你真牛，你拖走啊！借你俩胆儿！"警察一摆手，拖走了。警察看他两眼，想劝劝他，往后别这么叫板。哥们儿一

翻白眼儿:"你牛,待会儿你等车主来了你告诉他,你把他的车拖走了!"

♥

一青年骑着自行车到交通岗楼时,红灯突然亮了,因为车子的刹车不灵,结果冲过了停车线。

一位民警威严地走上前来掏出小本子说:"罚款两元。"

青年不情愿地掏出两块钱,塞到民警手中,嘴里嘟囔着:"神气啥,你迟早要落到我的手中。"边说边推车走。

"站住!"民警大喝一声,"你是哪个单位的?"

青年站住,掏出工作证,民警一看,工作单位栏目中写着"火葬场"。

♥

有位小姐开车遇到红灯停了下来。

一旁的交通警察看她看着红灯变绿灯、绿灯变红灯……

结果还是停在路中央,动也不动。

于是交警走过去问那个小姐:"怎么了,没有你喜欢的颜色吗?"

♥

有次一个朋友收到一张交通罚单,超速被拍照,上面记录当时车速260公里。同学气急败坏地跑去车管所,对收罚款的人说:"这是我的车钥匙,你要是能把我的车开到260公里每小时,这车归你了。"

他的车是辆富康。

♥

有一个同事的亲戚来厦门,同事给了亲戚一张厦门e卡通。

上公车时,此人给司机看了一下e卡通,就想去找位置了。

司机叫住他,说:"读卡啊!"

他就拿起e卡通,大声念道:"厦门e卡通……"

司机说:"到那边读。"

这人居然直接走到司机指的地方,用尽全力念道:"厦门e卡通……"

司机当场失控。

♥

某加油站为了招揽生意打出一块招牌:凡买汽油者可免费获赠一张当地的地图。一天,有个外地人把车驶进加油站,他加了5元钱的汽油并索要免费地图。服务员说:"你要地图做什么?凭你买的那点儿汽油,你去的地方我指给你看就行了。"

职场段子谁能忍住不笑算谁狠

老板问我:"这星期六你能来加班吗?我知道你周末很爱玩,但这边真的很需要你。""行啊没问题,不过您也知道的,周末路上都很堵,估计得晚到一点儿。""嗯,那大概什么时候能到呢?""周一。"

跟同事说:"我电脑死机了,帮我查查快递到哪儿了?"正要把单号告诉她,发现她打开百度知道,输入:"请问XX的快递到哪儿了?"我心想:"你跟百度对话的时候还挺有礼貌的。"

老板十分愤怒地对新来的一个职员吼道:"你不但迟到,而且还编造理由。你知道,我们是怎样对待说谎员工的吗?"职员慌忙说:"知道,派他们到市场部去当推销员。"

今早一美女同事很正式地问我:"晚上请人吃饭,你有空吗?"我说:"有。"她说:"那你替我值班吧。谢了。"

中午在公司食堂吃饭。
同事:"今天你怎么不休假过情人节?"
我:"真正有情人的这一天都不休假,都潜伏!"
同事:"那你一般都潜伏多少天?"
我:"365天!"

同事抱着头在办公室里坐着,我问:"你又生病啦?"
同事:"是啊,头疼。"
我:"有医生证明吗?"
同事:"就是弄不来证明,所以头疼。"

一哥们儿,做会计业务总是账不平,耽误同事下班时间。一日同事基本搞定,但其美元还未平,这哥们儿不慌不忙大唱:"哪里不平哪里有我,哪里不平哪里有我……"

那天同事一边用遥控器开空调,一边让我帮她倒杯水,结合起来使我看到的场景非常诡异:只见她拿遥控器对着我一按,嘴里说:

"请你帮我倒杯水！"

我发誓绝不是角度误差，空调在相反的方向。

一天老板高兴地说："小张，我QQ也升到太阳啦！"
我冷冷道："那是QQ天气预报！"

同事由于讨厌老板，将电脑开机密码设置成SBWU（老板姓吴），每天输一次密码骂一次，一次他请假交接工作时，失误地把密码告诉了老板。

老板问："为什么你的密码是SBWU呢？"
同事灵机一动脱口而出："桑巴舞……"

前天我老板，真懂似的，在我的电脑前面看半天，说："小柯，你也种菜啊？这可是上班时间！"
我收了收瓜子皮……瞅瞅他说："张总，这是我的桌面，你见哪块菜地上站着超级玛丽呢？"

一天早上老板打电话问我怎么还没到公司。我把窗户打开，故意让嘈杂的声音传进电话，说："马上到了！开车讲电话会出事故的。"

老板说："死丫头，我打的是你家座机！"

一个私企老板不小心掉到厂子附近的井里了，在那儿大喊大叫。他妻子说："再坚持一会儿，我去厂里叫工人来救你。"老板说："慢着，现在几点了？"妻子："十一点半。"老板："我再坚持半小时，等十二点了你再去叫。"

酒店老板请人写店招牌，那人写完后，又在上面画了一把刀。老板惊问："画刀是什么意思？"回答道："我要用这把刀来杀杀酒里的水汽！"

一个盲人去买烧饼，对摊主说："老板，给我来几个烤糊的烧饼！"摊主不解地问："你为什么非要糊的？"盲人道："我不说你也要趁机给我糊的，我先说出来不是更有面子吗？"

某公司老板："在公司中我是头儿。"

朋友："这我相信。但在家里呢？"

老板："我当然也是头。"

朋友："那你的夫人呢？"

老板："她是脖子。"

朋友："那为什么呢？"

老板："因为头想转动，得听脖子的。"

公司经理指示在每人的工资袋里夹一张说明：

"您的工资数是您的个人秘密，请不要泄露给任何人。"

一位初来的职员数了数工资，皱着眉头在签名处写了一句话：

"我绝不会向任何人泄露，因为我和您一样，不好意思将这种收入讲出去。"

某公司有位专家，一天，他去向领导要求请假一周，可是他垂头丧气地从领导办公室里走出来，同事们问他是咋回事。

他说："我请假一周，他却只同意给我三天。我说三天不够，他说我是个能干的专家，别人需要七天办的事，我只要三天就能办好了。"

一名芝加哥的职员从美国东部给他的经理打电话："我被耽搁在这儿了。我们正处在飓风中心，航班取消，火车与汽车停开，高速公路也被水淹了。我怎么办呢？"

"从今天起开始你的两周假期。"

"怎么，杜朗，你在上班时间喝酒？"

"对不起，老板，这是纪念我最后一次加薪20周年。"

一位太太买了一块地皮，可是没过多久就被大水淹了，她要求房

地产公司退钱，但公司不答应，双方为此争执不下。

于是，公司开了一个紧急会议，专门讨论该不该退钱的问题。

公司的职员七嘴八舌，有的说为了公司的信誉应该退钱，有的说不应该退钱，公司少做这么一笔生意太可惜了。老板一筹莫展，绞尽脑汁终于想出了一个两全其美的办法，说道："最明智的决策就是买一艘汽艇给她！"

新来的年轻职员被老板叫去。

"我注意到你，"老板说，"你工作勤奋，而且在每一件小事上都很认真。"

年轻人面露喜色，期待老板的嘉奖。

"所以，"老板说，"我不得不解雇你。"

"天哪，这太不公正了。"

老板说："我这里已经有过好几个像你这样的年轻人，后来他们都成了行家，然后突然跑出去自己办公司，拼命想挤垮我们。"

一天，某公司的一位老职员鼓足勇气，走入经理办公室："先生，我在这十多年里，一个人干三个人的活，却只拿一个人的工资。我请求加薪。"

经理说："很好，我可以为你加薪，但有一个条件：请说出来你为哪两个人多干了活，我先将他们解雇。"

一职员已两天没有上班了，当他第三天来到公司时，老板抱怨

说:"你这两天干什么去了?"

职员答道:"我不小心从三楼窗口跌到大街上去了。"

老板气冲冲责问:"从三楼跌下去要两天吗?"

"好啊,让我头痛的那个供货商的老婆一下生了三个儿子,活该,这回也让他尝尝一次得到的货超过他们的订数是什么滋味儿。"

四个美国商业巨头在巴黎度假,偶然相逢于俱乐部,大家无所不谈,并相互同意谈出自己的缺点来。

甲:"我的缺点是嗜赌如命。"

乙:"酷爱杯中物是我的缺点。"

丙:"我放高利贷过分狠毒,将来我想做些慈善事业来抵偿。"

最后轮到丁发言,他犹豫不说,其他人说他不公平和不守诺言。他被迫说:"我的缺点是喜欢搬弄是非,我恨不得马上把你们刚才讲的话传真回纽约,让我的朋友赶快知道。"

正在上班的小李突然有急事要外出,可又不想请假,那样会被扣全勤奖,于是向老陈请教。老陈笑笑,道:"你外出前,把电脑打开,关掉屏保程序,再打开几个正在处理的文件和报表,这样别人会认为你就在附近。如果有人问你去哪儿,你就说上厕所。记住,要把手机放在办公桌上,回来的时候,嘴里一定要嘟囔着:'真气人,腰带又成了死结,半天解不开,再上厕所一定得带把剪刀。'"

应酬时，幽默地劝酒：

(1) 男的喝白酒，女的喝啤酒，其他的随意。

(2) "开车不喝酒，喝酒不开车"这句话对了一半。今天开车来的都可以喝酒，但喝了酒就不要开车了。

"你什么学历？"

"剑桥硕士"

"懂外语吗？"

"懂，上学时一直用的英语。"

"有工作经历吗？"

"在世界五百强企业待过。"

"你期望月薪是多少？"

"一万美元。"

面试人员写道："有学历，懂外语，非应届生，特别爱做梦。"

KTV里，大家起哄要小张亮一嗓子，小张满脸难为情："我唱歌太难听，而且真的不会唱，你们唱吧。"

经理见此情景，就招呼小张："你实在不会唱也没事，那就念一首吧。"

同事马上点了一首"中国话"插到前面，把话筒交给了小张。

小张看这不唱是不行了，只见他深吸一口气，我们立马都安静了下来，期待他的"念歌"。

半天不见声音，这家伙回过头来，眼神中充满了无助，低声问经理："我想默念，可以吗？"

酒店里，一位探险家向人叙述说："船沉没了，我们上了救生船，在海面漂泊了几个星期。我告诉你们，真是饿得死去活来。最后，我们各自吃了自己的鞋，所有的人都死了，只剩我一个活了下来。"

"其他人不如你能挨饿吗？"

"不，是我的鞋号最大。"

小刘在机关上班有些年头了。一天早上起床后，妻子给他拿来了早餐和报纸，小刘边吃边看。三个小时过去了，小刘依然坐在桌子旁边读着报纸。

他的妻子忍不住说道："亲爱的，你不去上班了吗？"

小刘突然惊叫地说："难道我没在办公室吗？"

在招聘会边上，有一排移动厕所，上厕所的人很多，都排很长的队。突然，旁边有人跑过来问："这里是什么公司？招什么的？"见没人理他，这哥儿们接着纳闷："怎么还要关门面试，那么高级？！"

两HR在筛简历，一个说"实在选不出了，要不我们抓阄决定吧",另一个说"别忙,我来看看这些人的星座再决定",于是我现在对我们公司绝望了。

公司新进了一批员工,职位安排要考试,只有一道题:1+1=?
人事部的答案是这样的:
答案等于2的进技术部,
答案大于2的进销售部,
答案小于2的进财务部,
什么都没有答的,进办公室,
骂出题人的,不予录用。

经理说:"从今天起,你们的月薪增加至5000元!"
员工回答说:"好耶,经理万岁!经理,是因为公司效益好吗?"
经理说:"不,因为今天是愚人节!"

火爆的冷笑话精选

一位上了岁数的演员对剧院经理说:"先生,我在这里已经干了25年,您是否可以考虑改善我的待遇?"

"没问题,今后凡是需要在台上吃东西的角色,我都让你演。"

老师:"你为什么迟到?"

学生:"我本来要去钓鱼。但是爸爸不许我去,我哭了,所以来晚了。"

"你爸爸做得很对,关于你为什么应该上学,不应该去钓鱼,爸爸一定对你解释清楚了吧?"

"对,爸爸说蚯蚓太少,要是两个人去钓就不够了……"

飞机起飞，一男一女在同一排座位，女的看起来有点紧张。

男的搭讪："第一次坐飞机啊？"

女："是啊，听他们说，飞机不如火车安全。"

男："不要听他们乱说，上次我们经理去南方，我帮他买了机票，他就不坐飞机，非要坐火车，结果可好……"

女："结果怎么了？"

男："天上掉下一飞机正好砸在火车上！"

恐龙时代，巨大的陨石撞向了地球，一只恐龙看到了，双手合十，一动不动。另一只恐龙看到后说："什么时候了，还不快跑。"这只恐龙回答道："好大的流星，我先许个愿。"

法官怒斥被告："我到这个地方以来，7年在法庭上见过你7次，难道你不觉得羞耻吗？"被告："你一直不能升官，可不是我的错。"

学生到学校食堂吃饭，发现猪排不太新鲜，就去对打菜的师傅说："师傅，我发现这星期的猪排没有上星期的好吃。"师傅说："胡说，这个就是上星期的猪排！"

前苏联看德国因盛产啤酒而每年赚进大笔外汇，决定仿效，开始派人研究制造啤酒的技术。第一批啤酒制造出来后，前苏联送了一些样品给德国鉴定品质。一个月后，德国回函给前苏联："恭喜，贵国的马很健康！"

汤姆在一家汽车公司专门负责测试新车。这两天，听说航天局刚开发了一种特殊的炮，可以把死鸡当成炮弹，打到飞机的玻璃上，这样就能模拟出飞机在飞行时与鸟撞击的情况，从而测试出飞机玻璃的坚固程度。汤姆赶紧想办法租来了这种炮，打算用航天局的方法测试新车。测试那天，汤姆和同事找来一只死鸡，装进炮里。汤姆一摁按钮，只听"轰"的一声，死鸡从炮筒里飞出来，撞上了跑车的挡风玻璃。测试结果把大家吓呆了，只见挡风玻璃破了一个大洞，再往里面看，驾驶室里一片狼藉，死鸡不仅砸毁了中控台，还把驾驶座也打断了，最后整只鸡钉在了后排座位上。没想到新车的挡风玻璃竟然这么脆弱不堪。他忙把现场的情况告诉了航天局的工程师。航天局的人一听也很惊讶，说他们测试时从没出现过这种情况，并说要亲自到现场来调查。

没过多久，航天局的工程师就赶了过来，汤姆把挡风玻璃的设计方案交给他们，低声下气地请对方帮忙，改善挡风玻璃的设计。航天局的工程师仔细观察了现场的情况，很快就把调查报告给了汤姆，上面只有一行字："鸡要先解冻。"

发了财的张总对以前的艰苦生活总是记忆犹新，每每碰到清洁工、捡垃圾的，他总是说："我以前也这样过，没什么大不了的。"并递上一根烟，或送上一瓶水。

一个冬天的晚上,张总开着车,路过一座桥,看到一个乞丐在那儿迷迷糊糊的,张总想,又冷又饿的别是快不行了。于是停下了车,从口袋里面拿出一百块钱,对乞丐说:"喂,兄弟,醒醒。这么冷的天,买点吃的去吧。没什么大不了的,我以前也这样过。"

乞丐接过钱,看了看派头十足的张总,爱答不理地说:"兄弟,我以前也这样过。"

老刘和妻子在清理房屋的时候,发现了10年前的一张修鞋票据,两个人想了半天,一致认为,这双鞋当时没有去取回来。

老刘问妻子:"那双鞋子还会在那店里面吗?"

妻子:"可能性不大,不过可以去问问。"

两个人来到鞋店,把票递给营业员,营业员看了一下说:"等一会儿,我去看看。"

两分钟后,营业员走过来说:"鞋在这儿。不过得下周一修好,你们到时候过来取。"

一养鸟人教鹦鹉说话,每早必教它说:"早上好!"过数月,鹦鹉仍不说话。一日,此人心情不佳,未理鹦鹉,只听鹦鹉大叫:"你小子今天牛了啊,连好也不问!"

丈夫到法院要求和妻子离婚。他说:"我们之间不和已经有三年了。"

法官:"你们结婚多久了?"

丈夫："两年。"

请日本客户吃饭。席间，老总喝高了，于是手舞足蹈地讲起了历史："想当年，我们杀小日本，一刀一个……一刀一个……"那日本客户看老总那么激动，就问翻译他说什么呢这么高兴？翻译憋了半天，说了一句："他家原来是杀猪的……杀猪的……"

A君是学计算机专业，专攻面向对象程序设计的。有一日和女友一起乘火车，对面坐B君。闲聊时，B君问及A君专业，A君答曰："搞对象的。"A君问及B君专业，B君学爆破，答曰："搞破坏的。"

一对热恋的情侣落入一个杀人狂手中，面临双双惨死。

但有一个机会——两个人石头剪刀布，赢的人会被释放。两个人决定都出石头，一起死。

结果男人出了剪刀，女人出了布。

最后两个人都被杀了。

男人死前不解地问："为什么？"

杀人狂冷冷地说道："因为最终解释权归我！"

火车突然发出一阵急促的刹车声，随后猛然停了下来。全体乘客都从自己的座位上跳起来。

"发生了什么事,列车员?"一个女人暴躁地喊道。

"没什么了不起的,只不过是一头可恶的母牛撞上了我们。"

"在铁轨上吗?"

列车员:"差不了多少,是在路边的牛棚里!"

一个近视的人在大街上走着,突然刮起了一阵大风,吹走了他头上戴着的一顶黑帽子,他立即追了上去。这时,一名妇女对他喊道:"喂,先生,干什么呢你?"

"我在追我的帽子!"他气喘吁吁地回答。

"你追的是我家的黑母鸡呀!"

学车的时候考路考,副驾驶是考官。上车的时候挂一挡起步,考官突然来了一句:"加油!"心里一喜,感觉考试有戏,就很谄媚地伸出两个手指头,冲考官一笑:"耶!"考官脸一黑,"我让你加油提速!"

一位顾客到小吃店吃包子,咬一口,不见包子馅儿,再咬一口,还不见馅儿。奇怪地问道:"服务员,这包子怎么不见馅儿?"服务员说:"皮厚呗。"

顾客又咬了几口,直到吃完了包子还未见馅儿,又问服务员。服务员说:"你可能吃的是馒头。"

一个卖苹果的喊道:"新鲜的苹果,进口货,便宜卖了啊。"

过路人一听"进口货",便你一斤,他一斤地买上了。

有人拿起一个尝了尝,说:"这不是很平常的苹果吗,你怎么说是进口货呢?"

卖苹果的人说:"您这一张嘴,它不就成了'进口'货了吗?"

飞机上,一个妈妈带着两个孩子。由于孩子们是第一次坐飞机,特别高兴,在飞机的过道里跑来跑去,差点撞翻空姐手中的饮料,妈妈生气地对儿子说:"别在这里乱跑,要玩出去玩去。"

建筑师为大富商建造了一座陵墓,富商问忙了一年的建筑师:"也许还缺点什么吧?"

建筑师说:"现在就缺你了。"

一位统计学家对乘飞机飞行感到恐慌。他对一颗炸弹出现在一架飞机上的概率做了计算,虽然这个概率很小,可他还是消除不了疑虑。然后,他又计算了两枚炸弹同时出现在一架飞机上的概率,发现此概率是绝对无穷小,于是,打这以后,他旅行搭飞机时,总是在手提箱中极其秘密地携带一枚炸弹。

一位卡车司机走进一家餐馆,要了食物后坐了下来。正在这时,门外来了三个穿皮夹克的小伙子,他们从摩托车上跳下来进了餐馆,一个抢走了卡车司机的汉堡包,一个端走了他的咖啡,一个吃起了他的苹果饼。卡车司机一句话没说,付了钱就走了。

三个小伙子走到收款小姐面前说:"他不像个好男人。"收款小姐说:"他也不像个好司机,你们看,他轧烂了三辆摩托车。"

同事的女儿在重点高中,学习好,长得漂亮,总有男生骚扰。于是同事就给女儿买了个新手机号,他自己用换下来的旧号,某天收到短信:"我是高三某班的×××,很喜欢你,咱们聊聊吧。"同事回复:"我是她父亲,咱们聊聊吧。"本以为能打击到那小子,结果收到回复:"叔叔,您是过来人,都理解吧?"

一次,一位工人问他的朋友:"你的手表都有啥功能?"他的朋友回答:"我的手表功能可多了,既防水、防尘,还防震。""哦,你的表在哪儿?让我看看。"工人问道。他的朋友说道:"不好意思,可惜它就是不防盗。"

刚出锅的热腾腾的经典语录

1. 姐不是蒙娜丽莎,不会对每个人都微笑。

2. 你信不信我一巴掌把你拍墙上,抠都抠不下来!

3. 那些允许被挥霍的年代叫做青春。

4. 不怕喝敌敌畏,就怕开盖有惊喜,畅享多一瓶!

5. 当两个人遇见,接下来的不是故事就是事故。

6. 我视金钱如粪土,我爸视我为化粪池。

7. 都说沉默是金，是不是沉默久了就会有很多金子啊？

8. 本人口重，拟禁绝可乐，改喝急支糖浆。

9. 眼泪是你邮寄给我的礼物，地址是不怎么幸福。

10. 医生，麻烦你给我开点儿后悔药再给我杯忘情水。

11. 一个人时，善待自己；两个人时，善待对方。

12. 旋转木马是最残忍的游戏，彼此追逐却有永恒的距离！

13. 强者不是没有眼泪，只是可以含着眼泪向前跑。

14. 有些人就是这样，自己是蛆就觉得全世界是一个大粪池。

15. 后悔的事我不做，我只做让你后悔的事。

16. 我一再强调做人要低调，可你们非要给我掌声和尖叫。

17. 地球是运动的，一个人不会永远处在倒霉的位置。

18. 世界快末日了，有件事情我一直瞒着你，其实我是奥特曼。

19. 旅行就是从自己待腻的地方到别人待腻的地方去。

20. 最美的不是下雨天，是曾与你躲过雨的屋檐。

21. 姐不是巴黎欧莱雅，不值得你拥有。

22. 一个人的寂寞，是两个人的错。

23. 握不住的沙，干脆扬了它。

24. 眼睛为你下着雨，心却为你撑着伞。

25. 我的签名很贵，尤其是签在支票上面！

26. 人不能太方，也不能太圆，一个是会伤人，一个是会让人远离你，因此人要椭圆！

27. 吃饭不吃菜，省钱谈恋爱。

28. 虽然你身上喷了古龙香水，但我还是能隐约闻到一股人渣味。

29. 誓言只是一时的失言！

30. 你不是仙人掌，又何必那么坚强。

31. 我不是有钱人的后代，但是我要做有钱人的祖宗！

32. 脑袋空不要紧，关键是不要进水。

33. QQ上多了，什么企鹅没见过。

34. 如果你容不下我，说明不是你的心胸太狭小，就是我的人格太伟大。

35. 我都不好意思抓你了，你怎么还好意思偷呢？

36. 每当冲锋号响起，我就赶紧躲进壕沟里，因为，我是卧底！

37. 我这心碎得，捧出来跟饺子馅似的。

38. 别再用0.5的思维管理这个2.0的世界了！

39. 自从得了精神病，我的精神就好多了！

40. 人生最大悲剧：美人迟暮，英雄谢顶。

41. 小隐隐于朦胧诗，大隐隐于肥皂剧。

42. 所谓美女，大都是化妆品的奴隶。

可爱师生欢乐多

1.
有一学生汗毛较重,经常受人讥笑。体检时称重,称出140斤,众皆质疑之:"此乃毛重,不算数,须剃毛称净重……"

2.
一同学吹嘘自己食量大,在教室内宣扬:"我今天中午不但吃了六两饭,而且吃了六两饭。"

3.
物理老师人称张大烟,烟瘾奇大。下课时间往往被学生围住问问题,不能过瘾,遂在上课铃响时大叫:"上课了!快点儿回座位!"然后匆匆忙忙奔到走廊,点燃一根烟,十秒钟内迅速抽,见者无不称奇。一次教工宿舍浓烟忽起,众皆不明所以。最后大家一致得出结论：大烟开始抽烟了。

4.
高一时的班主任，为人优柔寡断。一日新做了个头型来上晚自习，众人如见外星人，盯得他如芒在背。很快消息流传出去，外班的人也借口问问题鱼贯而入。后来老师出去上厕所，刚到教室门口便碰到一迟到女生，该女生一声尖叫，把手里的书都扔掉了。老师连夜把头发洗掉，恢复了原型。

5.
数学老师上课，在黑板上解题，忽然让一个学生回答："你说，这一步经不经典？"此生方神游物外，完全没有听讲，只能硬着头皮答："经典。"老师大喜："说得好，坐下。"

6.
医务室某医生，不学无术，且喜浓妆艳抹，众皆厌恶之。一日两同学均因淋雨而发高烧，一前一后前往医务室。该医生给第一人开了维生素C，给第二人却开了维生素E，从此无人敢进医务室。

7.
一老师说话口音浓重，学生经常模仿之。一日中午，几名学生正在教室里模仿该老师说话，突然门被一主任推开，众皆大惊。主任奇怪地扫了一眼："咦？明明听到郑老师的声音啊……"

8.
我有一个同学，遇急事便口不择言。某日在水房洗漱，旁人往地上泼水，惊得他一跳数尺："小心！不要把我的水弄湿了！"无独有偶，曾有另一同学见桌上有水，非常镇静地说："咦？这儿的水怎么那么湿呢？"该同学还有诸如"前有追兵""象牙吐不出狗嘴"等妙论。

9.

化学老师，川东人士，性情暴躁却不乏幽默感。一日上化学课，在课堂上制成二氧化硫，先是一脸严肃地说："这个二氧化硫，它是，有毒的。"随即对我们神秘地眨眨眼："我把它放到对门班的后门……"说罢当真提起铁架台出去了，众皆爆笑，以为得意。过两日，与对门班同学聊起该老师，正欲据实告知，同学先开口："昨天上课，你们化学老师太搞笑了，制成了二氧化硫，然后对我们说：'我把它放到对门班的后门去……'"

10.

政治老师，年老而不甚清醒，上课催人欲睡。某日在黑板上列提纲，有学生上台问问题，其大手一挥曰："稍等，我纲列(肛裂)好了就给你讲。"众先愣，然后个个晕倒。

11.

数学先生，对数学痴心一片，常言"数学是最美的""数学在我心中"，又言："某大学门口悬一牌，上书'不懂数学者不得入'。"逢课堂上一生酣睡，先生怒，喝起问曰："某大学门口的牌子你还记得吗？"该生懵懵懂懂，冥思半晌，答之："禁止小商小贩进入。"

12.

宿舍内，外寝室人士破门挑衅，吾方振臂高呼："关门，放狗！"忽见一兄弟暴喝一声，猛扑上去……另有一次更是堪称神来之笔：某君晚睡前洗漱，手执面盆毛巾，走到宿舍门前，大叫一声："开门，放狗！"随后大摇大摆地走出去，全宿舍顿时鸦雀无声。

13.

众男生相聚座谈美女，一个说："杨恭如真漂亮。"皆附和之。某人赞不绝口："是啊是啊真漂亮。"沉思片刻，忽然发问："杨恭如是谁？"

14.

数学先生好布置作业，每每发一堆资料，让人喘不过气来。一天又发了数套练习题，光答案就有数十页，令贴在教室后的黑板上。第二天上课，先生看着黑板上贴的答案先是满意，仔细一看后当场勃然大怒："谁干的？！"原来黑板上的答案赫然拼成了一个"+∞"（正无穷）。

15.

宿舍每到清晨便有生活老师敲门催起床，屡有贪睡抗旨者。逢我宿舍通宵玩牌，皆赖床不起。生活老师怒，于记事簿上奋笔疾书："某月某日清晨某时，叫某宿舍人起床，该宿舍却对老师不理不睬，集体在床上缠绵……"

16.

语文老头，满腹经纶，曾培养过省状元。吾尝执试卷问题，老头问："答案选什么？"对曰："选B。"老头遂开始滔滔不绝，讲解为何选B。过十分钟，吾猛觉答案有误："对不起老师，刚才看错了，应该选C。"老头面不改色："好，我们来说说这个C吧。"于是又是十分钟……

17.
众老师均教育我们，考卷上一定不能留空，不懂的瞎蒙也要填一个，唯独化学老师持反对意见。一日上课对我们大发牢骚："……这简直是不负责任！不懂的话，宁可翻开书偷偷瞄一眼，也不能乱填！"

18.
老师："掩耳盗铃是什么行为？"学生："是不可能成功的行为！"老师："为什么呢？"学生："因为每个人都有两只耳朵，如果两只手都去捂住耳朵，哪还有手去偷东西呢？"

19.
一次文学考试中有这样一道题："名词解释：莎翁（莎士比亚的尊称）。"有个同学是这样作答的："莎翁，一种奇怪的鸟。"

笑到没下限

1.

晚上,躺在床上看电子书,手机余光照到一根长头发,以为又是老婆掉在床上的,随手抓住,准备丢下床,却听到一声尖叫。哦,这根头发目前还长在老婆头上。然后,我被暴打。

2.

我老公昨天吃坏了肚子,我们一起去看医生,医生问年龄,老公答:"25。"医生惊奇地问:"你有25岁?"老公说:"是。"医生说:"看上去还像高中生一样啊。"说完复杂地看了我一眼。
你以为我是他妈吗?

3.

邻居家小孩,也就三四岁的时候,喜欢耍小聪明。有天到我家来，发现桌子上有个健力宝的罐，晃晃有声音，问我爸："叔叔，这饮料还要不要了？"我爸说："不要了。"他说："那我去给你倒了吧。"然后走向厨房。大家都在客厅聊天也没注意，突然听到他在厨房哇的一声哭了，然后拿着健力宝罐出来，满嘴的烟灰，嘴里还咬了俩烟屁股。大家全都笑趴下了。

4.
初中时，一个同学叫李猜，一次上课英语老师问他叫什么名字，他答："李猜。"老师又问了一遍，他如是回答。英语老师大怒，狂吼一声："我不猜！"全班爆笑！

5.
今早收到一张请假条，上书："老师，我们班某某同学因为在校医院医治无效……"我的脑子"轰"一声巨响，前几天还活生生的人，怎么现在就……我眼泪哗地一下就下来了，哭了好一会儿，又拿起那张纸条，忽见："所以今天转到城里继续治疗，望老师准假！"
吐血了，什么语文水平。

6.
初中的时候，一天晚自习，前桌的一个男生突然转身对我说："10年后我一定会回来娶你。"
我一听，脸爆红，跟他玩得比较好，但没想到他会这么说。
然后，他接着说："回来取你狗命……哈哈！"
这么多年了，想起就无语。

7.
我有一朋友绰号西瓜，家住某小区五楼。一日，我去找他打篮球。当天很热，我懒得上楼找他，就站在他家楼下高呼："西瓜，西瓜。"话音刚落，二楼一位阿姨打开了窗户问："多少钱一斤？"

8.
记得儿子刚出生的那天，护士把儿子从产房抱出来，初为人父那叫一个激动啊！急忙接过儿子，嘴里还习惯性地说着："来，叔叔抱一下，乖——"周围立刻一片沉寂……

9.
高中时，我们班里一个猛男追一个乖乖女。

某天晚自习，猛男把乖乖女叫出去，半小时后俩人回来。乖乖女呈害羞+迷糊状，猛男胳膊上却有很多刀伤……

八卦的我们打听内幕：

猛男版："我把她叫到操场上，问她愿不愿意做我女朋友，她说不愿意。我就问一声割自己胳膊一下，没想到她心理素质这么好，愣是看着我自残也没答应！"

乖乖女版："他把我叫到操场上，问我要不要做他女朋友，我不喜欢他，就说不愿意啊。可是他很奇怪啊，隔一会儿问一句，也不嫌烦！什么？胳膊上的刀伤？我不知道啊！天太黑了，我什么也看不见……"

10.
有一天想耍人，设想的流程是这样的——

我："你知道除了人以外谁最爱问为什么？"

某某:"谁?"

我:"猪。"

某某:"为什么?"

结果变成了如下对话——

我:"你知道除了人以外谁最爱问为什么?"

某某:"猪。"

我:"为什么?"

11.

小学五年级的时候老师布置作文,题目是:记一次拔河比赛。要求:要有开头、经过、结尾。

一个同学这样写:今天下午,我们一班和二班举行了一次拔河比赛。(开头)他们班拔过来,我们班拔过去。(经过)最后,我们班赢了!(结尾)

老师看后很生气,在他本子上画了一个大圈。并写了评语:太短了!"经过"至少要写十倍那么多。

这一同学再次交作文就变成了:

今天下午,我们一班和二班举行了一次拔河比赛。

他们班拔过来,我们班拔过去。他们班拔过来,我们班拔过去。他们班拔过来,我们班拔过去。他们班拔过来,我们班拔过去。他们班拔过来,我们班拔过去。他们班拔过来,我们班拔过去。他们班拔过来,我们班拔过去。他们班拔过来,我们班拔过去。他们班拔过来,我们班拔过去。他们班拔过来,我们班拔过去。(写了十遍)

最后,我们班赢了!